矢柄頓兵衛戦場噺

<横溝正史　時代小説コレクション 3>

横溝正史

目次

矢柄頓兵衛戦場噺

はだか武士道

戦場話由来

旗本矢柄頓兵衛正勝《やがらとんべえまさなり》、永禄元年五月のうまれというから、寛永十一年の春をむかえて七十七歳、俗にいう喜寿の祝い年にあたるわけである。

頓兵衛のうまれた永禄元年は、初め弘治四年と称せれていたが、二月十八日に改元されて永禄となっている。頓兵衛の主君徳川家康（当時まだ松平蔵人元康《まつだいらくらんどもとやす》と称していた）が、十七歳で初陣の功名をたてたのは実にこの年で、だから頓兵衛はその全生涯をあげて、主君とともに戦場の苦楽をわかって来たわけである。

さて、寛永十一年の春をもって、喜寿をむかえた頓兵衛老人、七十七歳とはいえいまだ矍鑠《かくしゃく》たるもので、戦場生き残りの老体に、三十幾箇所かの創痕があるのが何よりの御自慢、どうかするとこの年になっても、双肌《もろはだ》ぬいで見せようという勢いだから、いやはや、たいへん元気な御老人もあったものである。

ところでこの頓兵衛老人、ちかごろうたた慨嘆《がいたん》に耐えないものがある。それというのが、このころからようやく目にあまって来た士気の頽廃、旗本の柔弱墜落が、ことごとく頓兵衛老人の気に喰わない。

神田雉子町の堀丹後守《ほりたんごのかみ》邸前に、丹前風呂と称する怪しげな場所が出来たのは、つい近頃のことだが、聞けば旗本の身をもって、そういう怪しげな場所へ出入する輩《やから》も少くないという、なかには丹前風だの、六方風などと称して、武士のくせに華美をきそい、伊達をほこり、肩肱《かたひじ》いからせて、喧嘩口論を事としている連中も少なからずと聞いては、頓兵衛老人たるもの、業の煮えるのも無理ではなかった。

それもそうだろう。元亀天正の戦国時代に、身をもってあまた英雄の争覇戦を経験して来た老人にとっては、この泰平の御代が有難いやらなまぬるいやら、つまり腕が鳴ってたまらないのだ。しかるになんぞや、その泰平をよいことにして、遊興を事とし、女色に耽溺《たんでき》する武士が、あろうことかあるまいことか、旗本のなかにあろうと聞いては、頓兵衛老人うたた慨嘆にたえないのも無理ではない。

ところでこの頓兵衛御老人、戦場の働きもさることながら、家にあっては人口増殖のこれまた猛者《もさ》で、夫婦のあいだに男女あわせて十二人という子女がある。

これら十二人の子女が、めいめい妻《めと》を娶り、良人《おっと》に嫁ぎ、ここに十二組の夫婦を形成しているわけだが、いずれも父の多産系血統を継承していると見え、いずれ劣らぬ子宝部隊長、なかにはすでに孫のあるのさえいるから、寛永十一年現在において頓兵衛老夫婦の周囲には、無慮八十何名という、子、孫、曾孫がうじゃうじゃしていたというから、いやはや、たいへんな子福長者もあったもの。

さて、これら八十何名の子宝部隊は、毎年春の初めの正月三日に、一同うちそろって、矢柄家中興の祖たる頓兵衛老人のところへ年賀に来ることになっているが、その時の混雑がたいへんである。

「おお、勝之助か。よく参った。その方も相変らず達者で目出度《めでた》いな。なに、その方は勝之助ではない？　おお、孫の庄二郎であったか。うわっはっはっは、許せ、許せ、叔父甥とは申しながら、まったくよく似たものじゃな」

などと、何しろ八十何名という大勢だから、頓兵衛老人もいちいち顔を憶えてはいられない。伜と孫を取りちがえるなどは毎度の事で、どうかすると伜と曾孫を取りちがえることすらあるというから、何にしてもお目出度い御老人だ。

さて、寛永十一年の春の事、例年のとおり八十何名の子宝一族が、年賀のために駿河台の頓兵衛老人の屋敷に参集したところが、老人いつになく威儀を正して、ずらりと一座を睥睨《へいげい》すると、つぎの如く申し渡したものである。

「いや、皆の者、目出度いな。この頓兵衛も当年をもって七十七歳とあいなったが、夫婦ともにいまもって壮健、前歯一枚かけてはおらぬ。また、八十何名という一族が、一人の欠くるところもなく、毎年こうして年賀に来てくれるというのは、家門の誉《ほま》れ、国の栄え、いや、目出度い、目出度い。じゃが……」

と、ここにおいて頓兵衛老人、ちかごろかけはじめたばかりの眼鏡越しに、もう一度ヂロリと一座を睥睨すると、

「ちかごろつらつら世の中を見渡すに、この頓兵衛、慨嘆に耐えぬことばかりじゃ。武士たるものが武芸の錬成をうち忘れ、遊楽を事とする者も少からずと聞き及ぶ。むろん、わが矢柄一族にさような不心得者があろうとは思わぬ。思わぬがこれが年寄りの取

り越し苦労じゃ。万一さようなことがあってはあいならぬから、今後一ヶ年、月一回その方たちを集めて、この老人が昔話、戦場談を語って聞かせる故、一同さよう心得ろ」と、頓兵衛老人の申渡しに、一同はっとばかりに平伏した。

何しろ徳川家の一族間で、家康をもって神君と称し、権現様《ごんげん》と崇めていると同様、わが矢柄家にあっても、頓兵衛老人は絶対権を握っているから、こう申渡されると鶴の一声、誰一人異議をさしはさむ者はない。

そこで寛永十一年春から暮へかけて、毎月八日の日を期して、八十何名という子宝部隊が駿河台の屋敷に集まり、謹んで拝聴したのが、これから述べようとする「矢柄頓兵衛戦場噺」。まず、第一回は頓兵衛老人十六歳の初陣《ういじん》談である。

陣中賭将棋

さても俺の初陣は、天正元年家康公が作手城主奥平貞能《つくでじようしゆおくだいらさだよし》殿を攻められた時であったな。

この天正元年というのは、もとは元亀四年といっていたが、七月になって天正と改められた。この年は権現様にとってはまことに思い出深い年で、この四月に武田信玄公が信濃において没している。そもそもこれこそ権現様御開運のはじまりで、それまではとかく、三河勢は甲斐の軍勢に押されがちじゃったな。

現にそのまえの年にも、甲斐勢と三方原《みかたがはら》で弓合せをしたが、味方はさんざんの敗北じゃった。何せ相手は智略にたけた武田晴信、しかもその下には勇将智将が雲のごとく連なって、甲斐方の全盛時代であったから、さすがの権現様も歩が悪い。

信玄公が生きているあいだは、とても志を東国に得る事は難しいと、御主君も半ば諦めておられるところへ、ぽっこりとその信玄公が亡くなったものじゃから、さあ、いよいよ権現様に御運が巡って来たというものじゃ。

そこで七月軍を起して、三河長篠城を攻めると、ついで息をもつかず作手城主奥平貞能殿を攻めることになったが、これこそこの頓兵衛にとっては思い出深い初陣じゃ。当時俺は十六歳、まだ前髪の稚児《ちご》小姓で、名前も勝丸というていた。いまでこそこの頓兵衛も皺苦茶爺になってしまったが、その時分は綺麗じゃったな。水の垂れるようなお小姓と、人にもいわれ、自分でも自慢にしていたものじゃ。うふふ、誰じゃ、妙な笑い方をするのは……いや、まったくの事じゃよ。なあ、婆さん、……

と、頓兵衛老人、しきりに昔のお小姓振りを自慢しているが、これはだいぶ割引きして聞かねばなるまい。

なるほど、十六歳の初陣当時は、まだ前髪の稚児小姓だったが、どう見ても水の垂れるような男振りとはいい難かった。

頓兵衛老人、うまれついての小兵で、十六歳になっても、前髪のうつりは悪くなかったが、顔は十人並みとも言い難い。しかし、それが却って愛嬌となって、陣中でも於勝《おかつ》於勝と家康から寵愛されていた。

しかし、勝丸にとってはそれが却って不平のもと、主君から寵愛されるのは有難いが、いつもお側去らずで、物の具つけて戦に出して貰えないのが不服でたまらない。

作手の城攻めの際にも、勝丸がその不平を述べると、家康はにっこり笑って、

「於勝、その方そんなに戦に出たいか」

「いうまでもございりませぬ。武士として戦に出ないは飾り物同様、何んのためにこうして鎧を身につけているのでございりましょう」

この度の戦こそ初陣と、十六歳の勝丸は、先祖伝来の鎧を身につけていたが、何せ短

小矮躯《わいく》の勝丸のことだから、とんと鎧のなかに埋まっているような恰好だ。

家康公は当時三十二歳の男盛り、そろそろ肥りはじめる年頃で、福々しい頬におだやかな微笑をうかべながら、

「ほほう、立派な鎧じゃな、なるほど、その鎧に対しても、戦に出たいと申すのじゃな。いや尤《もっと》もの言分」

「はっ、それではお聞届け下さいますか」

「いや、待て待て」

家康はしばらく考えていたが、やがてはたと小手を打つと、

「ふむ、よい事がある。於勝、これへ将棋盤を持て」

「へえ、将棋でございますか」

「さよう、何もそのように妙な顔をする事はない。持てと申さば持って来い」

「はっ」

と、答えて、将棋盤を持参すると、家康は早速駒を並べながら、

「これこれ於勝、何をそのようにぼんやり致しておる。その方も駒をならべぬか」

「へえ。私も駒をならべますので」

「いかにも、そして俺と将棋を指すのじゃ」

「へえ。将棋を?」

と、話があまり出し抜けだから、これには勝丸も驚いた。

その頃の武将は、陣中の慰みに、よく将棋をたしなんだもので、現に勝丸なども時々お相手を仰せつかる事があるが、いまは場合が場合である。話をはぐらかされた勝丸は不平不満、渋々駒をならべていると、

「これこれ、於勝、何を愚図々々致しておる。早くならべろ。ふむ、並んだか。並んだら俺と一勝負しよう」

「はっ、仰せとあらばお相手もつかまつりますが、そのまえにさきほどの話を……」

「心得ている。それ故にこそ将棋を指すのじゃ。なあ、勝丸、ここでその方が俺を負かせば、願いどおり出陣は聞きとどけつかわす。しかし、俺が勝った際には……」

「はっ、上様がお勝ちあそばした時には……」

「そうよなあ」

と、家康は悪戯っぽい眼で、じろじろと勝丸の体を眺めていたが、やがてはたと膝を

打つと、

「そうじゃ。俺が勝った際には、その方にひとつ所望の品がある。どうじゃ、聞きとどけてくれるか」

「はっ、上様の仰せとあらば、何をおそむき申しましょうや。して、その御所望の品と仰せらるるは」

「鎧じゃ、その方がいま着ている鎧が貰いたい」

「えっ」

と、これには勝丸も驚いたが、家康はにやにやしながら、

「はははははは、何もそのように驚くことはないぞ。その方いま何んと申した。俺の言葉ならば夢にもそむかぬと申したな。しからば承知したも同様、さあ、指そう。その方が勝って戦に出るか、俺が勝って鎧を取りあげるか、はははははは、勝丸、その方にとっては生涯の一大事、遠慮せずとずんずん指すがよいぞ」

後から思えば、これこそ御主君家康公の深いお情けじゃった。人一倍、小作りにうまれた俺の事じゃ。そのように重い鎧を身につけて出陣すれば、働きも自由ならず、おくれを取るにきまっている。と申して、その時の俺の血色では、たとえ主君のお許しがなくとも、ひそかに陣中を脱け出しかねまじき勢い、そこで鎧さえ取りあげておけば、まさか脱け出すような事はあるまいと、さてこそ否やをいわせぬ賭将棋のはかりごと。……

しかし、この勝負ははじめから分かっていた。老獪《ろうかい》な政治家であった家康は、また老巧な将棋の名手でもあった。勝丸如きが逆立ちしたところで及ぶところではなかった。さんざん翻弄された揚句の果てに、雪隠《せっちん》詰めにされてしまうと、勝丸の顔色がさっと変った。

「上様！」

「どうした、何事じゃ。何をそのように涙ぐんでいるのだ。はははは、口惜しいか。

いや、口惜しいのは無理もないが、さりとて約束を反古《ほご》には致すまいな。武士の言葉に二言はない筈。誰かある、於勝の鎧を脱がせろ」

こうなっては勝丸がいかに歯軋《はぎし》りをしても及ばない。同じ小姓に寄ってたかって鎧をはがれ、勝丸は小袖に野袴いちまい。家康は面白そうにそれを見ながら、

「はっはっはっ、於勝、それではこの鎧はしばらく俺が預かっておくぞ。その方、まさかその装束で、戦に出たいなどとは申すまいな」

と、家康は快げに哄笑しながら、陣中の奥深く入ってしまったが、後では勝丸、血の涙であった。

十六歳といえば、当りまえならばすでに元服もすんでおらねばならぬ筈、また朋輩にはすでに十五歳で、初陣の巧名をたてた者もある。いかに小兵にうまれたとはいえ、気性は人にまけぬつもり、それをいまもって子供扱い、初陣も許されぬとあっては武門の恥辱、いっそ腹かき切って死のうかとまで思ったが、しかし、それでは主君に対してあてつけがましい。

勝丸はその夜、熱涙をかんでの思案の揚句、とうとう陣中を脱け出す事になったが、

これが前代未聞の裸の初陣という事になったのである。

その時、俺《わし》はかんがえた。鎧なしでも構わぬ。小袖のまま出陣しようかと思ったが、いやいや、家康公の近習ともあろう者が、鎧なしに出陣したとあっては、敵の物笑いになろうも知れぬ。しいては君への御恥辱、さりとて華の初陣に、人の物の具借りんも心苦しい。

そこで俺は覚悟をきめたな。ええい、いっその事裸でいこう、人間誰しもうまれた時はまる裸じゃ。裸ほど潔いものはない道理。そうじゃそうじゃと腹をきめると、袴を脱ぎ、着物を脱ぎすて、褌《ふんどし》いっぽんの丸裸、太刀を背に負い、無印の白旗を裸にぶちこむと、大身の槍をかいこんで、夜陰に乗じてひそかに陣中を抜け出した。

なあ、皆の者、よく聞けよ。ここのところじゃ。これを俺の自慢話と思うはまだ思慮がたりぬぞ。俺ばかりではない。その頃の若者はみなこれくらいの気慨を持っていたのじゃ。太刀の作りに伊達を競おうなどという気は毛頭なかった。太刀がなくば素手で、鎧がなくば素っ裸ででも、敵陣へ斬りこむぐらいの気慨を持っていたのじゃ。そこのところをよく心得ておいて貰いたいな。……

勝丸にとって仕合せな事には、時はあたかも七月、夜中はいくらか冷えるとていって も、鍛えあげた体には、こたえる程でもない。勝丸は褌一本に太刀、指物という妙な恰好で、ひそかに陣中を脱出したが、この作手の城攻めは、主君家康にとっては試金石であった。

作手城主奥平貞能は、さほどの弓取りとは思えないが、この城攻めに手間どっていると、背後から甲斐勢につかれる憂いがある。

信玄すでになしといえども、あとには勝頼《かつより》という血気の猛将がひかえている。またその周囲には信玄以来、千軍万馬のなかを往来した名臣があまたひかえているから、決して油断はならない。

しかも作手城主奥平貞能は、思ったより手強く戦った。これしきの城ひと揉みと、はじめから呑んでかかっていただけに、これがこじれると、さすがの家康にもありありと焦燥のいろが見えた。勝丸が出陣を切望したのも、主君のこういう苦衷を知っていたからである。

それはさておき、夏の夜の明くるは早く、勝丸が間道づたいに、作手城まぢかに迫った時には、すでに東の空も白んでいた。明方ごろ、ざっと激しい驟雨《しゅうう》が来て、まる裸の勝丸は、骨の髄まで凍るような寒さに打たれたが、勢いこんだ勝丸には、そんな事は物の数でもなかった。

主君の命にそむいて出陣したからには、いやでもひとかどの手柄をたてねば帰れない。勝丸は大身の槍をかいこんで、あちらの土堤《どて》、こちらの立木と物陰を選りながら、しだいに敵陣へ忍び寄っていった。

ちょうどその頃、驟雨がおさまるのを待って、一時中絶した総攻撃がはじまったらしい。あちこちで鉄砲の音が聞えると同時に、はげしい鯨波《とき》の声が天地にとどいた。——と、このはげしい攻撃に、いまはこれまでと思ったのか、敵もさっと城門をひらいて打って出たから、さあ、いよいよ敵味方入乱れての乱軍だ。

乱軍中の女

俺はな、その時の来るのを待っていたのじゃ。それというのがさきほども申すとおり、俺は下帯いっぽんの丸裸、敵に見られるのも辛いが、さりとて味方の眼にとまるのも困る。うっかりすると陣中に追いかえされないものでもないからな。だが、こう乱軍となると構わない。誰もひとの風を笑っているひまなどないからな。俺は物陰にかくれて、よき敵ござんなれとばかりに、固唾《かたず》をのんで待ちかまえていたが……。

と、その時である。ばたばたと軽い草履《ぞうり》の音をさせて、こちらの方へ近付いて来る人影が眼にうつった。すっぽりと蓑を着ているが、頭には黒塗りの陣笠をかぶっている。それに蓑の下からチラチラするのは、たしかに鎧の端である。

勝丸は思わず息をのんだ。恥かしながら胴震いが出た。何しろ敵と鉾《ほこ》をまじえるは、これがうまれてはじめてである。しかも、蓑で体をつつんだところが様子ありげで、唯の雑兵《ぞうひょう》とは思えない。

いっとき、勝丸はガチガチと歯を鳴らしていたが、やがて意を決して怪しの人影のまえへ躍り出した。

正直いうとその時俺は逆上《あが》っていたらしい。よく年寄りの自慢話をきくと、初陣の最初の手合せに、勇ましく名乗りをかけたなどと申すが、なかなかそのようなものではない。余人は知らずこの頓兵衛はふるえたな。相手のまえへ飛び出したものの、舌が縺《もつ》れて声が出なんだ。……

すると。——

勝丸も逆上っていたが、敵もよほど驚いたらしい。それはそうだろう、だしぬけに飛び出した相手というのが、褌いっぽんの丸裸、しかもこれがまだ前髪というのだから、正気の沙汰とは思えなかったにちがいない。

茫然としばし勝丸の姿を見守っていたが、やがて笠のうちで、

「ほほほほほ」

と、笑うと、

「そなたは何者じゃ。馬鹿か気狂いか、それともこのあたりの土民の倅か」

土民の倅かと聞かれてむっとしたが、それと同時に勝丸もぎょっとした。意外にも相手は女であった。

「そういうそなたこそ何者じゃ。この乱軍の中を女だてらに何を致しておる。また、拙

者をとらえて土民の伜かなどとは舌長い。こう見えてもわれこそは家康公の側小姓、矢柄勝丸なるぞ」

勝丸も漸《ようや》く度胸がすわったらしい。こういって大身の槍を大地につき、威張ってみせると、相手は笠をあげてはじめて顔を見せた。

美しい女だった。年齢は二十二、三であろう。切長な眼が黒水晶のように澄んで、丹花の唇が花弁をおいたように清らげであった。女は勝丸の顔を見ると、にっこりと唇をほころばせて、

「おお、これは失礼いたしました。あまり変った姿故《ゆえ》、つい先程のような事を申しました。気にさわったらお許し下さいまし。そして、申しおくれましたが、私ことは奥平貞能が一族、同姓左近将監《さこんしょうげん》が妻花子。御初陣とお見かけ致しますが、女でもお相手願えましょうや」

女は軽く刀の柄を手にかけた。

これには俺も弱ったな。女でもお相手を願えましょうやと訊ねられて、相手にするというわけにもいかぬ。初陣の最初の相手が女とあっては末代までの恥辱、それに殊勝な相手の申しようも気にいった。……

「いや、女性には用はない。いかなる用かは知らぬがお通りなされい」

「それではこのままお通し下さいますか」

「いかにも」

「有難うございます」

女はにっこり笑って勝丸の側を通りすぎると、そのまま足早に行きすぎた。

勝丸はぼんやりその後姿を見送っていたが、しかし、いつまでも女の事を考えているわけにはいかなかった。敵味方入乱れての乱軍はいよいよ激しく、すぐ後から後からと、逃げまどうた雑兵がこちらの方へ駈けつけて来たからだ。

勝丸はそれらの雑兵のひとりに、はじめて槍をつけた。

女と首級《しゆきゆう》

初陣の最初にあげた敵の首級が、名もなき雑兵とあっては決して手柄にならぬ。しかし、これがまことじゃから致し方がない。それでも死物狂いで手向う敵を、漸《ようや》くの事で突き伏せて、まだ手足をひくひくさせている奴の首を斬り落す時には、さすがに俺もよい心地はせなんだな。もっとも、そんな事にはすぐ馴れたが……。

午頃《ひる》までの乱軍に、勝丸はちょこちょこと敏捷《びんしょう》に立ちまわって、それでも雑兵の首級を三つばかりあげた。

斬り落した三つの首級の髻《たぶさ》を解いて、髪を結び合わせて下帯に縛りつけると、ずっしりと何んともいえぬ持ち重りがした。その持ち重りが勝丸には嬉しかった。たとえ雑兵であろうとも、自分の力ひとつであげた首級だと思うと、千金の珠玉にもまして尊く思われた。

勝丸は三つの首級を腰にぶら下げ、猿のように乱軍の中を飛び廻っていたが、その時である。突如雷のような声が勝丸の背後から落ちて来た。

「於勝、於勝、そのほうは於勝ではないか」

聞き覚えのある声だった。勝丸は振りかえるまでもなく、その声の主が誰であるか分った。勝丸はどんな恐ろしい敵にあった場合よりも、体がすくむような思いがした。それは家康の麾下《きか》でも随一の猛将といわれた本多平八郎忠勝《ほんだへいはちろうただかつ》だった。

「平八郎様、お許し下されませ」

「何、許せ、はははは、さてはその方、殿のお眼を盗んで陣中を脱け出して来たな」

「平八郎様、何卒お見逃がし下されませ」

「はははははは、面白い奴じゃ。然しその風態は何んとしたものじゃ。貴様鎧はどうした。衣類は何んと致した」

「はっ。鎧は殿に取りあげられました。鎧なしの出陣は敵に対しても面目なく、いっそ裸ならばと存じまして、衣類は陣中に脱ぎ捨てて参りました」

「何、鎧は殿に取りあげられたと申すか」

当年とって二十六歳、本多平八郎忠勝は勝丸より十歳年長だった。忠勝は鋭い眼で勝丸を睨みながら、

「於勝、その方はこれよりただちに殿のおんもとへかえれ」

「平八郎様」

「何もいわずにかえろと申すのだ。於勝、その方には殿の御仁慈《ごじんじ》がわからぬのか」

「はい、それはよく分っておりますが、折角ここまで参りましたものを……」

「よいよい、見れば相当首級もあげた様子、まさか拾い首ではあるまいな」

「平八郎殿」

「いや、これは俺が悪かった。さあ、それだけ手柄をたてれば初陣としては申分なしじゃ。殿の御不興があったら、後刻俺が取りなしてやろう。さっさとかえれ。よいか、かえるのじゃぞ。退《ひ》きおくれて怪我でもあらばそれこそ殿に対して不忠の随一じゃぞ」

平八郎忠勝は、それだけいうと、再び乱軍のなかへ駆け込んだ。

平八郎忠勝は年こそ若いが、主君家康が唯一無二の家来と頼んでいる人物である。勝丸にとっても主君についで怖い相手だ。

その平八郎からこう釘をさされると、勝丸もその言葉に従わぬわけにはいかなかった。戦場にまだ未練はあったが、平八郎にもいわれた通り、これだけの首級をあげた以上、もうかえってもよいと思われた。

そこで乱軍をあとに、再び間道づたいにひきあげて来たが、その途中である。勝丸はふいにぎょっとしたように立ちどまった。

森蔭に細い流れがある。その流れのそばにひざまづいて、静かに創口《きずぐち》を洗っている人物があった。味方ではなかった。見憶えのない面差しは、あきらかに敵だった。

しかも、甲冑《かっちゅう》の工合から、落着きはらったその物腰から、たしかに一方の大将と受け取れた。勝丸はそれを見ると、思わずがたがたと胴顫《どうぶる》いした。

ここでこういう相手に出会うというのは、これ全く天の興《あた》えだと思った。勝丸は大身の槍をぐっと握り直すと、そろりそろりと相手の背後から近付いていった。相手はまだ気づかない。どうやら股のあたりに創をうけているらしく、しきりにそこを洗っている。

勝丸はその髀腹《ひばら》をねらって、いきなりぐっと槍を突き出した。

こういうといかにも俺が卑劫《ひきよう》なようだが、戦というものはそうしたものじゃ。対等の相手ならばともかく、自分より数等優れた敵と見れば、ふいをつくのもやむを得ん。ふいを突かれてはいかなる豪傑もたまらない。がっくりと突っ伏したところを、勝丸はこれでもかこれでもかといわぬばかりに抉《えぐ》りに抉った。やがて相手は動かなくなった。勝丸は頃合いを見計って槍を捨てると、太刀を抜いて進み寄った。

と、そのとたん、相手はくわっと眼を開くと、

「待て！」と、かすかに、

「名前を聞きたい」

「おお、われこそは家康公の側小姓、矢柄勝丸、裸の初陣じゃ」

名乗って聞かせると、相手はかすかに首を振って、

「ふむ、まんざらの雑兵ではないな。よし、打て、俺は奥平左近将監、首を持ちかえって手柄にせよ」

にっこり笑うとそのまま泡の様な血を吐いて息絶えた。

奥平左近将監――？　勝丸はなんだか聞いたような名前だと思った。しかしどこで聞いたのかすぐには思い出せなかった。だが、そんな事はどうでもよいのだ。奥平の姓を名乗るからには、きっと名ある大将にちがいあるまい。

勝丸は喜び勇んで、刀をえいと振りかぶったが、その時だった。

「お待ち下さいまし、お待ち下さいまし」

転げるように駈けつけると、いきなり、振りかぶった勝丸の腰にすがりついた者がある。見れば今朝がた一度出会った事のある、あの蓑の女だった。そのとたん、勝丸はあの時女の名乗った名前と、いまこの武士の名乗った名を同時にさっと思い出していた。

「お女中、それでは良人の敵と一太刀私に恨むつもりか」

「いいえ、さようではございませぬ。討ち討たるは戦場のならい、何んで女々しくお恨

みいたしましょう。唯ひとつ、その首級お打ちになるまえに、お願いがございまして……」

「願いとは?」

「良人の乱れ髪、あげさせて下さりませ」

「何? 髪をあげさせよとは?」

「はい、いつの出陣の際にも、良人の髪を潔らかにあげるのが私の役目でございました。それを今朝に限って取りまぎれ、失念いたしましたのが何よりの心残り。あれ見よ、奥平左近将監は、あわてて髪もあげずに出陣したといわれては、末代までの恥辱、されば朝より良人を求めて、戦場を駈けめぐっておりました」

唯良人の髪をあげるためのみ、命を的に戦場をかけめぐっていた女……勝丸はそれを聞くと、ふいに何やら熱いものが胸にこみあげて来た。

「お女中、承知いたしました。お心安らかに最後のお髪あげして進ぜられい」

「有難うございます」

女は自分の頭から櫛を抜きとり、しずかに死骸の髪をとかした。そして髻《もとどり》も新しく清らかに結びあげた。さすがに眼に涙は宿していたが、女々しく泣くような事はなかった。

やがて結い終ると、

「さあ、お打ち下さいまし」

「ふむ、心得た」

勝丸の振り下ろした刀の下に、首級は見事にまえに落ちたが、勝丸は何を思ったのか、その首級を手にとろうともしなかった。

「お女中、その首級はお手前にとらせよう」

「ええ、何んと仰有います」

「二世を契った良人の首級、ねんごろに葬って進ぜたがよい」

「それではあなた様のお手柄が……」

「手柄？　いや、私はまだ若いのだ。手柄ならばこれから先、いくらでも立てる機会はある。お女中、さらばじゃ」

勝丸はそういい捨てると、女と首級を残して、いっさんに味方の陣を目指して駆け出したのである。

今日の話はこれで終わりじゃ。それから陣中へかえった俺が、殿よりお叱りを蒙ったか、それともお褒めにあずかったか、それはおまえたちの想像にまかせよう。唯この時、この君のためならば命もいらぬと、俺が感泣《かんきゅう》した事をいえば足りよう。奥平左近将監の首を、見のがしてかえった事は、俺の口からはいわずにおいたが、その後間もなく作手の城主が降った時、その人の口から主君の耳に入った。殿は俺を呼び寄せ、もう一度実否《じっぷ》を確かめると、

「於勝、よく致した。以後は出陣許す」

と、唯一言。

阿呆《あほう》武士道

長篠城の密使

旗本矢柄頓兵衛正勝。寛永十一年の春を以って、七十七の齢《よわい》を重ねた。人生七十は古来稀《まれ》なりというが、戦場生き残りの頓兵衛老人、小兵ながらも矍鑠《かくしゃく》たるもので、元気は壮者をもしのがんばかり。

この頓兵衛老人はまた至っての福長者で夫婦のあいだに六男六女がある。この六男六女に枝が栄え、葉が繁り、寛永十一年現在において、頓兵衛老人直系の子、孫、曾孫をかぞえただけでも、八十何名という一大家族を形成している。

さて、頓兵衛老人ちかごろツクヅクと惟《おも》えらく、士気の頽廃、旗本の墜落、いまに過ぎたるはなし。よろしく以って矯正せんに如かずと。

そこで思い立ったのが、「矢柄頓兵衛戦場噺」である。寛永十一年の春より、毎月、月の八日を期し八十何名の子宝部隊を、駿河台のわが屋敷に召集し、語ってきかせる戦場話。これもって、ローマの一日にして成らざる所以《ゆえん》を説ききかせては、尚武《しょうぶ》の気風を吹きこまんとの寸法だが、さて、ここに掲げるは、その第二回目の戦場談である。

「さあさあ、これでみんな集まったわけじゃの。いつもながら一同壮健で恐悦恐悦。ふむふむ、わしもな、この年齢になっても風邪ひとつひかぬというは、これ偏《ひと》えに壮時において、戦場の辛惨《しんさん》をつぶさに嘗めてきた賜物《たまもの》じゃて。その方たちも、長命いたしたいと思えば、必ずともに、うまい物を食い、よい物を着て、楽に世渡りしようと思うな。艱難《かんなん》汝を玉にすると申してな、鍊成こそ長命のもと、よいか、わかったな」

と、まず冒頭にひとくさり、お談議をきかせておいて、そこでジロリと一同を、眼鏡越しに睨《ね》めまわすと、おもむろに咳一番。

「さて、先月はわしの初陣を語ってきかせたが、きょうはひとつ、それから三年目、天正三年に起った長篠の決戦について語ってきかせよう。

そもそも権現様という方は、その方たちも知るとおり、生涯を戦場で送られた方じゃが、中でも一番大きな戦いは、関ヶ原の合戦。これは俗に天下分け目と申すとおり、権現様にとっては、乗るか反るかの大戦じゃったが、これを除いては、長篠の合戦なども、忘れられぬ戦いだったな。

先月も話したと思うが、甲斐に信玄公が生きているあいだは、さすがの権現様も頭があがらなかった。ところがいい塩梅《あんばい》に信玄公が、天正元年四月に没したので、さあ、わが君様の志をおのばしあそばすべき時節到来、この機逸すべからずとばかりに、攻め落としたのが長篠城じゃ。

そもそも、この長篠城というのは、豊川の上流瀧川と、大野川の合流点に臨み、三河、信濃の二国をつなぐ衝路にあたっているから、三河から甲斐へ攻め入るにも、甲斐から三河に攻め込むにも、なくてはかなわぬ肝腎要《かなめ》の大切な足場だ。これを取られて甲斐勢が、なんでおめおめ黙っていよう。

信玄公すでに亡しといえども、あとには勝頼という年少気鋭の猛将がひかえている。またその幕下には、馬場、内藤、土屋、山縣、小山田などという信玄公以来の宿将が、ずらりと綺羅星《きらほし》のごとくひかえている。いずれはこの城中心に、一合戦はまぬがれまいと、三河のほうでも用意おさおさ怠りなかったが、果せる哉《かな》。

天正三年五月に至って、勝頼公の率いる甲斐、信濃、上野の兵一万五千、甲斐を発してまず長篠城を取りかこんだから、ここにいよいよ三河勢と甲斐勢とが、運命を決する長篠決戦の幕が切って落とされたわけじゃ」

この時、長篠城を守っていたのは、さきに降った作手城主奥平貞昌の率いる城兵五百余、死を決してよく防いだので、攻めあぐんだ甲斐勢は、城外に柵をめぐらし、河中に網を張って、城兵の脱出に備えながら、長囲の計、つまり兵糧《ひょうろう》攻めの策に出た。城兵いかに勇敢なりといえども、こう気長に出られてはかなわない。城中の蓄えは日一日と薄くなっていく。五月十四日にいたると、わずかに四、五日の糧《かて》をあますのみという心細さにたちいたったので、貞昌ついに意を決して、岡崎にある家康に援を請おうとした。

この時、密使の役を買って出たのが、あの有名な鳥居強右衛門勝商《とりいすねえもんかつあき》である。十四日の夜陰にまぎれて、首尾よく城を脱出した勝商は、翌十五日に、雁峰山《がんほう》に脱出成功の狼火《のろし》をあげた。そして岡崎めざしてひた走りに走ったのである。首尾よく使命を果したならば、三日のうちに、必ず再び狼火をあげるという約束だから、一刻といえども無駄に費せない場合であった。

丶《ちよん》兵衛推挙《すいきよ》

「矢柄殿、頓兵衛殿、殿のお召しでござるぞ。すぐさま御前へ参られい」

長篠城に風雲急を告げるときいて、岡崎でも出陣の用意おさおさ怠りなく、ものものしい気配は城下を圧していた。

そういう倉皇《そうこう》の空気のなかに、矢柄頓兵衛も武具、馬具の手入れに余念がなかったが、そこへ俄《にわ》かに殿のお召しである。何事ならんと具足下のまま御前へ出てみると、そこには酒井、大久保、本多、榊原などの宿将が、ものものしい、緊張した顔でひかえていた。

家康は、頓兵衛の装束《いでたち》をみるとにっこり笑って、

「おお、ヽ兵衛、その方も出陣の用意か、勇ましいな」

このヽ兵衛という言葉が、この際の異様に緊張した空気を突き崩した。酒井忠次をはじめとして、大久保忠世も、本多忠勝も、榊原康政も、思わず声をあげて笑った。

かつての側小姓勝丸は、三年まえの初陣の後、殿の命によって元服して、その名も矢柄頓兵衛正勝。だが、誰一人その名をまともに呼ぶものはない。柄が小さくて、猿のようにすばしっこいところから、ヽ兵衛、矢柄ヽ兵衛と、ちかごろでは城中での人気者になっている。

その丶兵衛の頓兵衛、さすがに面をふくらせて、

「いかにも、この度の合戦こそ、お家にとっては一大事と存じますれば、この矢柄頓兵衛も、殿の御前に討死いたすつもりで、かくは用意を致してござりまする」

憤然とした声でいえば、家康はいよいよ笑って、

「はははは、丶兵衛、憤《おこ》ったか。いや、その方を丶兵衛とは、いみじくも名づけたものじゃ。その小兵で面ふくらませ、肩肱《かたひじ》いからせたところは、とんと丶の字に生きうつしじゃて」

滅多に冗談をいわぬ家康だったが、この比喩はまことに適切だったので、酒井忠次をはじめとして、一座の宿将たちはまた声をあげて笑った。

頓兵衛、いまは真赤な顔をして、

「殿!」と、声をふるわせると、

「殿にはこの矢柄頓兵衛をおからかい遊ばすためにお召しでござりますか。それならばこの頓兵衛、いそがしい折からでござりますれば、これにて真っ平御免蒙りましょう」

早、立ちかけると、

「頓兵衛、控えろ」

と、裂《わ》れ鐘のような声で怒鳴りつけたのは、本多平八郎忠勝である。平八郎忠勝、この時二十八歳の男盛り、頓兵衛より十歳の年長だが、武勇抜群、頓兵衛にとって主君のつぎに怖いのはこの人だった。

その平八郎に怒鳴りつけられ、頓兵衛があっとばかりに縮みあがるのを、家康はにこにこ笑いながら、

「いや、平八郎、叱るな、叱るな。立派な男をからかったのはわしのあやまり、頓兵衛も許せよ」

「はっ！」

「さて、頓兵衛、その方を呼んだのはほかでもない。その方も長篠のことは存じておろうな」

「いかにも承っております。甲斐勢にとりかこまれ、目下危殆《きたい》に瀕しているとやら。さればこそ、この度の出陣の御用意でございましょう」

「いかにも、いかにも、寄手《よせて》の人数は一万五千、長篠の城兵いかに勇武なりといえども、わずか五百余名では防ぎきれるものではない。されば、織田殿へも加勢を頼みに参らせたが、これはいままでの誼《よし》みもあり、必ずや、引きうけて下さろう」

「それならば殿、何も御心痛あそばしますことはござりますまい。御当家の精鋭に加えて、いま日の出の織田勢が合体いたさるるとあれば、甲斐勢いかに勇猛なりとも、一揉みに揉みつぶすのは、何んの雑作もござりますまい」

「ふむ、それまで長篠の城が持つとすればな」

「えっ、何んとおっしゃいます」

家康は俄かに、眉を曇らせて、

「頓兵衛、その方もいま申したな。長篠の運命危殆に瀕していると。だが、危殆と申してもいろいろ程度がある。危まれながら一月持つもあれば、命旦夕《たんせき》に迫っているのもある」

「それでは長篠は……」

「明日をも知れぬ命じゃそうな」

さりげなくいったものの、家康の面貌にはかくしきれない焦燥の色があった。頓兵衛は思わず膝を進めると、

「殿、何人がそのようなことを申しました」

「只今、長篠城より密使の者が参ったのじゃ。その者の申す言葉によると、三日にして

援兵参らずば、長篠城は敵の手中に落ちるであろうと……」

長篠の要害を知っているだけに、頓兵衛もこれには驚いた。たとえ援軍到るとも、長篠が落ちた後では、この合戦、とうてい苦戦はまぬがれぬ。

「殿、それではいよいよ、猶予《ゆうよ》はなりますまい。匆々《そうそう》援軍をお出しあそばさずは……」

「むろん。その方にいわれるまでもない。出陣の用意に抜かりはないが、この援軍のこと、長篠城へつたえてやりたい。頓兵衛、その方この役目、ひきうけてはくれまいか」

家康の用事というのは、これだった。

長篠城を脱出した鳥居強右衛門勝商は、首尾よく岡崎の家康に謁《えつ》すると、長篠城の危急を告げ、援軍の来否をたしかめると、即夜再び長篠さしてとってかえした。この時家康は強右衛門の労をねぎらい、使命を果したからには骨休めをしたうえ、ともに出陣したらよかろうと引きとめたが、強右衛門は肯かなかった。

長篠では、結果いかにと首を長くして待っているのである。この復命が一刻おくれれば、一刻士気に影響する。援軍が来ると来ないとでは、守る城兵の意気ごみがちがってくる。援軍来るとわかれば、たとえ兵糧つきるとも、石に噛りついても守り抜くであろう。

「されば、この由一刻も早く、城中の者に報せてやりとうございます」

鳥居強右衛門勝商、身分もあまり高くはなかった。日頃はむっつりとして、馬鹿か利口かわからないような人物だった。敵はもちろん、味方のあいだでさえ、あまり目立たない、阿呆のような存在だった。

だが、その阿呆にも武士の血は流れていた。十重二十重《とえはたえ》城を取りまく敵の中を、首尾よく抜け出すさえ容易な業でないものを、そして、それだけでも立派に手柄になっているものを、更に危険を冒して、城へとってかえろうというのは、利口な人間には出来かねた。それが出来るのは強右衛門のような阿呆武士よりほかにはない。

その強右衛門の悲壮な出発を見送ったときには、さすがの家康も眼に涙を宿していた。

「のう、頓兵衛、あの強右衛門なら、きっと使命を果すだろう。わしもそれを信じて疑わぬ。しかしな、何んといっても一人では心許ない。強右衛門は脱出の際、雁峰山より合図の狼火をあげたそうな。さすれば敵も脱出者のあることに気づいておろう。この度はまさか油断は致しおるまい。さればもう一人、強右衛門のような男が欲しい。強右衛門のような阿呆になれる人物が欲しいのじゃ。頓兵衛、その方その阿呆になってくれぬか」

家康の眼には優しさと信頼が溢れていた。頓兵衛はその主君から、ふと眼を本多平八郎のほうにうつした。平八郎の眼にも、いつにない温か味が溢れていた。平八郎はかすかに、しかししっかりと頷いた。

それを見たとたん、頓兵衛にははっきりとわかった。自分を推挙してくれたのは、この本多平八郎であると。と俄かにこみあげて来るものを胸にかんじて、思わずその場に平伏していた。

丶丸罷《まか》り通る

「戦場で敵の大将とわたりあって、華々しく勝名乗りをあげるのにくらべると、密使の役というものは、苦労ばかり多くて、とんと引立たないものじゃ。されば、それを引きうけようというのは、強右衛門やわしのような、阿呆をおいてほかにない。強右衛門殿はそれでもまだしも、華々しい名を後世にのこされたが、わしのほうはそれこそ縁の下の力持ち、まったく阿呆な役目だったが、しかしな、皆の者もよく聞けよ。世の中には阿呆の大切な場合もある。阿呆でなければ勤まらぬ役目もある。このことを、ようく心しておけよ」

家康の命をうけた丶兵衛が、岡崎をひそかに抜け出したのは十五日の真夜中ごろだった。その時の装束《いでたち》は、家康の言葉から暗示をうけたわけではないが、どこから見ても知能の足らぬ阿呆すがただった。

丶兵衛その時十八歳、元服してからすでに三年になるが、持ってうまれた小兵のおかげで、うまくつくると十三、四歳の子供にしか見えない。丶兵衛はそういう自分の特徴を、たくみに利用する事を忘れなかった。

油気を抜いたさんばら髪を、藁で束ねて、継ぎはぎだらけの着物をまえはだけにあわせ、腰にしめたのは古縄の帯、尻の切れた藁草履《ぞうり》をべたべたいわせながら、青竹かついで二本棒をにゅっと鼻の下に垂らしたところは、どこから見ても、知能の足らぬ土民の小倅としか見えなかった。

「その時は、さすがのわしも淋しかったよ。物の具つけて華々しく、戦場の手柄を夢見ていた身としては、あまり大きなちがいじゃからな。だが、これも使命とあらば致し方ないと……」

心をきめた丶兵衛は、ひたすら強右衛門の後を慕って走った。この時丶兵衛、身には寸鉄《すんてつ》も帯びていなかった。そんな物を持っていては、敵の手に捕えられた場合、作り阿呆の邪魔になる事は知れている。いざといえば、肩にかついだ青竹を、即座の竹槍として利用するつもりだった。

やがて十六日の夜が明けた頃には、丶兵衛もはるかに岡崎から出外れていた。丶兵衛は青竹かついで、怪しげな唄を唄いながら、それでもなるべく間道づたいにいくことを忘れなかった。

だが、その間道も、長篠ちかくなるにつれて、しだいにものものしい気配の動くのがかんじられた。合戦ちかしと聞いた土民の中には、家財をまとめて逃げ出すものも少なくなかった。こういう街道の混雑が、丶兵衛にとってどれほど有難かったかわからない。青竹かついで、土民にまじっていくこの阿呆少年を、見とがめる者は誰ひとりいなかった。やがて、かつて三年まえにおのれが初陣の手柄を立てた作手の城下も過ぎ、一色をとおり、鳳来寺山を行手に見ながら、いよいよ長篠城のある、設楽原《したらがはら》に入ったのは、十六日の日もすでに暮れかけていた。

この辺へ来ると、もう避難土民の姿も少なかった。逃げるだけの土民はすでにこれよりまえに逃げているのである。なかには多少逃げおくれた連中もいたが、それらはみんな長篠からなるべく遠のこうと急いでいる。丶兵衛と同じ道を目指す避難民は、もう一人もいなかった。

だが、丶兵衛は平気だった。

あいかわらず、怪しげな唄を唄いながら、瀧川まで来ると、突然ばらばらと、物陰から数名の雑兵《ぞうひょう》がとび出して来た。丶兵衛の行手に立ちふさがると、

「これこれ、小伜、貴様どこへ参る」

丶兵衛はケロリとして、

「おれかい、おらァこれから長篠へ行くだ」

「なに、長篠へ参ると？　怪しいやつだ。そして貴様はどっちから来た」

「どっちからだって？　おら、あっちの方から来ただ」

「あっちではわからん。どこから参ったと申すのだ」

「むう、それならそうと早く聞きゃいいのに。おら作手のもんで、丶丸というだ」

「丶丸、変な名前だな」

「何も変なことはねえよ。ほんとうは千代丸というだが、みんなはおれを丶丸としか呼ばねえ」

「ああ、なるほど、そういえば丶丸のほうがうつりがいいな」

どうやら相手も、丶兵衛の作り阿呆を信じたらしく、にやにや薄笑いをうかべながら、

「しかし、その丶丸がこれから長篠へ何しに参るのだ」

「何しにいくて知れてらな。おら、戦にいくだ」

「戦にいく？」

「そうよ、村のもんは意気地なしだから、合戦があると聞いて逃げ出しただ。おら、一人ぼっちになったから、これからは誰にも遠慮はねえ。思う存分戦をして、いまに立派な大将になるだ。小父さん、合戦はいつ始まるだね」

敵の軍兵は、そこでまたにやにやと顔を見合せた。

「丶丸、貴様、戦をすると申して、何かえものを持っているか」

「あれ、小父さん、おまえ盲目《めくら》かい」

「何よ」

「おらの肩にかついでいる、この槍が目に入らねえのか」

「ああははは、そうか、そうか、どうでしょう。いったいこいつをどうしたものでしょう」

「どうしたものといって、阿呆にかかっちゃいられない。とにかく、からだを改めて、怪しい物を所持いたさずば、このまま放してやっても差支えござるまい」

ここで、兵衛の周到な用意が役に立った。軍兵たちは、兵衛を無理矢理に裸にしたが、怪しい物が出て来る筈はなかった。

「それじゃ、小父さん、とおっていいかい」、兵衛が不服らしく縄の帯を締め直すと、軍兵は笑いながら、

「ああ、いいとも、いいとも、だが、あまり危ないところへ近寄るな」

「よけいなおせっかいだい。それでは、丸罷り通るぞ」

、兵衛が肩をいからせ、青竹かついで悠々と通り過ぎたあとでは、敵の軍兵達はどっと声を合せて高笑いをしていた。

狼火の影

こうして第一の関所は無事に通りすぎることが出来たが、こうなると、兵衛も、更に用心しなければならなかった。

どの敵も、いまの軍兵のようにお人好しとは限らない。中には、兵衛の作り阿呆を、見抜く眼力をそなえた人間もいないとは限らぬ。たとえ扮装を見破られずとも、これから先へ通さぬといわれては、使命に事欠くわけである。

そこで瀧川を出外れると、兵衛は道なき山路へわけ入った。行手には、すでに長篠城が見えている。そして雁峰山は、すでに眉のうえだった。

夜は更けた。十六日の月は峰にかかっていて、どこともなく、声なき戦の気配がそのあたりを圧している。峰ふかく押し分けていくにしたがって、河の流れが滔々《とうとう》と耳にとどろいた。やがて、眼界が高くなりいくにしたがって、そのあたり一帯に、点々として篝火《かがりび》の燃えるのが数えられた。

あちらの峰、こちらの河岸に燃ゆる篝火は無数の蛍火の如くゆらめいて、水蒸気の多い五月の夜空を焦がしている。そしておりおり、地底から沸きあがるような、無気味なとどろきがあたりを圧した。それは戦を目前にひかえた、一万五千の心臓の鼓動ででもあったろうか。

丶兵衛はあたりに気を配りながら、一寸、二寸と、這うように道なき坂を登っていった。この時、かれが一番気にしていたのは、鳥居強右衛門の安否である。

強右衛門殿も、首尾よくここまで辿りつかれたであろうか。出来ることならこの使命、強右衛門に遂げさせてやりたかった。自分は単なる助人《すけつと》なのである。強右衛門が失敗した時、その時はじめて自分の役目がある。

かれはあたりを見廻した。だが、どこにも人の気配はない。頓兵衛はしだいに不安をかんじて来た。

やがて、長篠城が眼の下に見渡せる場所まで辿りついたが、まだ狼火はあがらない。強右衛門は自分より先に、岡崎を立っているのだから、順当にいけば、ここへ辿りつくのも自分より先でなければならぬ筈である。それだのに、いまもって狼火のあがった気配がないのはもしや途中で捕えられたのではあるまいか。丶兵衛は、ともかく薪を積んで狼火の用意をした。いざといえばすぐにでも、火のあげられる準備をした。だが、かれはすぐに点火しようとはしなかった。夜明けちかくまで待とうと思った。そして、もしその時までに、火があがらなければ、その時こそ、自分の手でこの薪に火をつけよう。……

見渡せば長篠城は、死のような静けさの中に沈んでいる。そこには五百の将兵が、固唾《かたず》をのんでこの峰を望んでいるのだ。千の眼がただ一点、この峰の頂を凝視しているのだ。それを思えば、兵衛は、一刻も早くかれらを安心させてやりたかった。強右衛門も強右衛門だが、城兵の心も心である。丶兵衛は、思いきって点火しようかと思った。

だが……。

その時である。谷ひとつへだてた向うの峰から、突如ぱっと火の手があがった。それははじめ蛍火のような、ほのかな、はかない火のいろだったが、見る見るうちにあたりいちめん燃えひろがって、天をも焦がす大狼火となった。

「強右衛門殿、よく致された。見事でござるぞ。矢柄頓兵衛、たしかに見届け申した」

自分の使命は、無駄になった。だが、頓兵衛は嬉しかった。何かしらすがすがしいものを胸にかんじて、眼に涙がにじんで来た。その時、いままで死の沈黙を守っていた城中から、わっと歓喜の声が起ると同時に、それを取り囲む篝火のなかから、俄かに右往左往する人影が夥《おびただ》しくかぞえられた。

阿呆武士道

「わしの役目は、それで終ったわけじゃ。援軍来るとの狼火をあげさえすれば、わしの役目は終りであった。その役は、首尾よく強右衛門殿によって果された。だから、わしはその足でひきかえしてもよかったのじゃ。しかし、わしはなんとなく、強右衛門殿のその後の安否が気がかりじゃった。そこで意を決して長篠の城下にまぎれこんだのはその夜明けだったが……」

むろん、長篠の城下はものものしい警戒だった。ことに雁峰山の狼火を見てより、敵の警戒は眼に見えて厳重だった。だが、ここでも、兵衛の外貌がかれを味方した。敵に見とがめられそうになると、兵衛は青竹かついで、自分のほうから駈けよっていった。

「小父さん、小父さん、戦はまだ始まらねえのかい」

「何んだ、小僧、貴様いったいどこから来たのだ」

「おら、作手から戦に来ただ。名前は、丸というのだ。おら大将の首とって手柄にするだい。小父さん、戦はまだはじまらねえのかい」

「おやおや、変な小僧がとび出したぜ。小僧、危いからどいておれ。まごまごすると怪我するぞ」

「おや、それじゃいよいよ戦がはじまるだな。しめた、しめた。小父さん、あばよ」

午前中頓兵衛は、大手をふって長篠の城下を徘徊していたが、誰一人とがめる者がなかった。大きな戦いの場合、ときどき変な人物の出現することを、物馴れた武士はみんなよく心得ていた。

戦争の子。――家を焼かれ、親戚を失った哀れな戦争の子が、その時代には珍しくなかった。そして頓兵衛の様子を見れば、誰でもその戦争の子としか思えなかったのである。ところが、その午過《ひるす》ぎのことである。長篠城のお堀端を大手をふって歩いていた頓兵衛は、はじめて敵兵から怒鳴りつけられた。

「小僧、どこへいく。怪しい奴だ」

「どこへもいきやしねえ。おら、あの城へ入りたいだ」

「出て来い。出て来「なに、城へ入りたい？」

「おお、そうとも、城へ入って敵の大将討ちとるだい。やい城の奴ら出て来い。出て来いこの、丸の槍先うけろ。出て来いったら出て来ねえのか。卑怯者め」

「もういい、もういい」

敵兵は苦笑しながら、

「威張るのはそれくらいにしておけ。ここは貴様などの来る場所ではない。まごまごしてると蹴殺《けころ》されるぞ」

「だって小父さん、おら戦がしてえだ」

頓兵衛はベソを掻きながら、それでも何となくものものしいあたりの様子に気を配っていた。はてな、それじゃいよいよ、総攻めでもはじめるかな。……そう思っているときである。向うの方から、がらがら轍《わだち》の音をきしらせて、一台の荷車がこちらへちかづいて来るのが見えた。荷車の周囲にはものものしい扮装の雑兵が取りまいている。まえには大将らしいのが馬に乗っていた。

だが、頓兵衛のはっとしたのは、荷車に乗っている人物だった。そこには具足下をつけた人物が、高手小手にいましめられて立っている。髪は乱れ、額は裂け、衣服もところどころ鍵裂きがしている。頓兵衛はその様子をひとめ見て、鳥居強右衛門であると覚った。

しかし、言い甲斐のないのは強右衛門のその顔色だった。土色になった唇は、わなわなとふるえ、車のうえに立っているさえ覚束《おぼつか》ないほど、膝頭ががたがたとわななないている。やがて強右衛門は、濠端ちかく押し出された。

「鳥居強右衛門」

馬上の大将が、きびしい声でいった。

「さきほど申しつけたことは、よくわかっておろうな」

「は、はい、よくわかっておりまする」

「わが君が仰せられたとおり申すのじゃぞ。もし余の儀をしゃべらば、命は立ちどころにないものと思え」

「は、はい、申しまする。申します。その代り、後刻きっと御恩賞を……」

媚びるように敵将をみあげた強右衛門の眼には、武士にあるまじき卑屈な色があった。

頓兵衛はしまった！　と思った。さすが剛の者の強右衛門も、敵の手中に落ちて、すっかり怖気《おじけ》づいたのだ。敵の命令どおり、城中の者に、援軍が来らざること、籠城の無意味であることを偽り告げようとしているのだ。

「よいよい、その儀はしかと心得た。それでは早速これより申せ」

強右衛門は、おどおどとした唇を舌でなめた。

「城中の方々に物申す、城中の方々に物申す」

呟くようなふるえ声だった。でもさきほどより濠端の気配をうかがっていた城中からは、ばらばらと物見に数名かけのぼった。頓兵衛は、こちらで手に汗を握っている。

「城中の方々に物申す、城中の方々に鳥居強右衛門物申す」

声は、しだいに高くなった。もうふるえてはいなかった。

「城中の方々に、鳥居強右衛門物申す。織田徳川の軍勢二万五千余騎。三日をいでずして援けに参りましょうぞ。方々よくお守りなされい。方々よくお防ぎなされい……」

あっと頓兵衛はその場に棒立ちになったが、その時、狼狽した敵の将兵が、強右衛門のうえに折重なって押し倒していた。……

「長篠の合戦は、その方たちも知っての通り、味方にとっては大勝利、この戦で信玄公以来の甲斐の宿将は、あらかた討死して、これが武田家滅亡のもとといとなった。なあ皆の者、この大勝利は何によって得られたか、むろん、それは織田殿の新しく編成され た、鉄砲組の威力もあったろう。だが、それぱかりではないぞ。鳥居強右衛門殿の悲壮な最期をききつたえた三河の軍勢が、この一戦、弔い合戦とばかりにふるい立ったからじゃ。強右衛門殿のあの真似は、阿呆でなくては出来ぬ。阿呆だけがやれる阿呆武士道じゃ……」

頓兵衛は、ずっと一座を見まわして、天晴《あっぱ》れ阿呆武士の士魂を吹きこむように晴ればれと力強くこういった。

縮尻《しくじり》武士道

頓兵衛の縁談

幕臣矢柄頓兵衛正勝、寛永十一年の春をもって、喜寿の齢《よわい》を重ねたが、戦場生き残りのこの御老体、元気はいまだ壮者をもしのがんばかりである。

ところでこの頓兵衛老人、小柄なところから一名、兵衛老ともいわれるが、ちかごろいろいろ世の中を見渡すに、はなはだもって遺憾に耐えぬことばかりだ。第一武士が惰弱である。天下の旗本ともあろうものが、泰平に狎《な》れてもっぱら華美をこととしている。

これではならぬとあって、そこで思いついたのが「矢柄頓兵衛戦場噺」。一門八十余名を毎月一回駿河台の屋敷に呼び集め、語って聴かせる昔話、以て武士道鼓吹《こすい》の一範にもしようという心構えだが、さてこの度はその第三回目である。

さても頓兵衛老人の語るよう。

「ええと、このまえは長篠の血戦について語ってきかせたが、そういつも血腥《ちなまぐさ》い戦物語ばかりでは、その方たちも退屈じゃろう。よってな、この度はいささか目先をかえて、色っぽいところを語ってきかせる。誰じゃな、隅のほうでくすくす笑っているのは。――馬鹿にするな。この頓兵衛とて、いまでこそこのような皺苦茶親爺じゃが、昔はそれこそ水の垂れるような若衆ぶりじゃったよ。いや、見せたかったな。あの時分の若武者ぶりを、なあ婆さんや」

と、頓兵衛老人いつになく顎の紐をゆるめながら、慎ましやかにかたわらにひかえた、これまた七十幾歳かの糟糠《そうこう》の妻をかえりみてにやりにやり。

何しろ、時候がよろしくない。春は三月、桃の節句の残りの香が、まだどこやらに漂うている折からとて、頓兵衛老人が俄《にわ》かに若返ったのもむりではないが、それにしてもこの頑固親爺の口から洩れる色っぽい話とは、いったいどんなものだろうと、一同薄気味悪そうに、顔見合せていると、頓兵衛老人そんなことはお構いなしに、えへんえへんと咳払いをしながら、膝を乗り出し、

「こういうことを口にすると、おまえたちはさぞ怪《け》しからぬことに思うじゃろう。いっ

たい、元亀天正の戦国時代といえば、誰しも殺伐なことばかりあったように思いがちじゃが、実際はそのようなものではない。なるほど、絶えまのない戦のあいだに身をおいていれば、寝たまも油断は出来ない。じゃが、それかといって血腥い斬ったはったばかりが人生かと思うと、それは大きな間違いじゃ。戦塵のあいだにもそれ相当の娯《たの》しみもあれば慰めもある。また、血の気の多い若い身空であってみれば、恋もすれば子供も産む。実際また、それでなければ、あの長い戦国の世を生き抜いていくことはできなかった筈じゃて。さて、余談はそれくらいにしておいて。……」

さても、長篠の決戦において、甲斐勢を大いに破ってからというものは、徳川氏の勢いはまさに日の出のたくましさであった。

武田勝頼、いまだ甲斐にありといえども、信玄以来の宿将の、ほとんど悉《ことごと》くを長篠で失ってからというものは、勢力日に蹙《しか》まって、辛うじて余喘《よぜん》を保っている有様である。

これを揉みつぶすには、殆んど何んの手間暇もいらぬように見えたが、しかしことにあたって常に深慮遠謀《しんりょえんぼう》の家康は、あえてこれを急ごうとはせずに、もっぱら領内の整備に急がしかった。

甲斐勢衰えたといえども、すぐお隣りの関東には、早雲以来の北條氏が、まだ根強い大屋台を支えている。また目下盟友の誓いを結んでいるとはいうものの、信長の気性をよく知っている家康は、いまここで俄かに大をなして、相手の嫉視をうけたくはなかった。

それにまた、その前年浜松に移ったばかりの家康としては、この新しい領内の経営に、戦争以上の精力をさく必要もあった。そこで天正十年天目山の戦いで、完全に武田氏を滅ぼしてしまうまで、数年間というものは、浜松城下にとっては、小康時代だった。

しかし、それは文字どおりの小康時代であって、戦いがまったく熄《や》んだわけではない。むしろそれは、次にきたるべきより大きな戦いへの準備時代で、この時代の経営によって後年の徳川氏の運命が決せられたといっても過言ではない。

さて、長篠の合戦に大勝を博してより、いよいよ天下統一の自信を強めた信長は、天正四年、近江《おうみ》の安土に壮麗な安土城の建築をはじめた。そして、同じ年に浜松では秀忠がうまれている。

矢柄頓兵衛が、家康の御前に召し出されたのは、ちょうどその頃のことである。

「おお、頓兵衛か、よく参ったの」

家康は、この年ちょうど三十五歳、幼時よりの苦労を克服して、しだいに大をなしていく運勢は、その肉体にも現われて、このごろ頬の肉など目立って厚くなっていた。

「は、火急のお召し、この頓兵衛に何か御用でござりまするか」

頓兵衛が四角ばって答えると、家康は厚い頬の肉をほころばせながら、

「いやいや、改まって用事というのではないが、時に頓兵衛、その方、当年とって幾歳になったな」

意外な問いに、頓兵衛眼を白黒させながら、

「は、当年とって十九歳になりましてございます」

「ふうむ、もはや十九歳になるか。なるほど。赤ん坊も三年たてば三つになるというが、早いものだな。十九歳といえばよい若者だ」

「はッ」

「そろそろ妻《めと》を娶らねばならぬ年頃だが、どうだ頓兵衛、その方によき心当りでもある

か」

と、ますますもって意外な問いに、さすが物に動ぜぬ頓兵衛もすっかり狼狽した。

「何しにもってさようなこと……」

と、固くなって答える。家康は笑いながら、

「ははははは、さようなことはあるまい。その方のようなよい若者を、世間の娘がほっておく筈はない。さぞや引くてあまたで困ることであろうな」

と、家康もなかなか人が悪い。真赤になって恥ずかしがっている頓兵衛の様子を見て面白そうに笑っている。

頓兵衛が恥ずかしがるのも無理のないことで、この矢柄頓兵衛、もってうまれた小兵なところから、十九歳になるといえども、いまだ十五、六としか見えない。されば家中で誰一人、頓兵衛と本名で呼ぶ者はなく、ヽ兵衛――ヽ兵衛というのが通り名である。

そのヽ兵衛に、引く手あまたの娘などあろうはずはなく、十九歳にもなるというのに、いまだ縁談のえの字もない。

これには頓兵衛も業を煮やしている折からだが、さて、主君からこう出られると、

もってうまれた負けじ魂、かようかようでございますと正直にはいえぬ。

「さようでございます。この頓兵衛も男でございます故、いろいろ申し寄る娘も多うございますが、未だ帯に短し襷《たすき》に長しで気に入った娘は一人もございませぬ」

と、大きく出たから、家康は思わずプッと吹き出した。

「はははははは、よいよい。しかし頓兵衛、その方にまだしかるべき心当りがないとあらば、どうだ、余が世話をしてとらそうか」

「げっ、何んと仰有います」

「何もそのように驚くことはない。ここにその方にうってつけの娘がひとりあるが、どうだ妻にする気はないか」

「はっ、君の仰せとあらば水火も辞しませぬが、してしてそれはいずこのお娘御でございますか」

頓兵衛俄かに膝を乗り出したから、家康は笑いながら、

「いや、それは真言秘密じゃ」

「へえ、真言秘密と申しますと」

「その方が、うんというまでは申せぬ。そのかわり頓兵衛、その方がうんと申して余の

推挙《すいきょ》いたす娘を妻にしてくれたら、五十貫の加増を申しつけるがどうじゃ」

と、聞いて頓兵衛げんなりした。どうも話がうますぎると思ったのである。主君の斡旋で婚礼するということは、この上もない栄光だが、懸賞つきの嫁ときいては考えざるを得ない。世に持参金つきの花嫁に、ろくなのがあったためしがない。頓兵衛が、俄かに考えこんだから、

「これこれ、頓兵衛、どうしたものじゃ。余の世話する女房では、気に入らぬと申すか」

「いえ、さようではございませぬが、この頓兵衛、いまだ妻帯は早いと存じますので」

「早いことはあるまい。十九といえば、たいがいの者は妻を持っているぞ」

「いえ、あの、それは……私少々心願の筋がございまして、向う三年妻を娶らぬと心にきめておりますので……」

「何をたわけた。さきほど、余の申しつけならば何んでもきくと、膝をば乗り出したではないか」

「は、それはあの……まさか懸賞つきの娘とは存じませぬので……」

「何をぐずぐず申しておる。よいよい、かようなことは火急にはいかぬものじゃ。まあ

よい。ゆっくり考えて返事をいたせ」

と、その場はそれですんだが、さて、それからというものは、頓兵衛の顔さえ見れば家康公、このあいだの返事はどうじゃどうじゃとばかりきめつけるから、このところ頓兵衛大弱り。爾来《じらい》、なるべく主君のまえに出ぬように心がけていたが、それからひと月ほど後のことである。

薬草取りの娘

ここ暫く、主君の口から縁談が出ぬから、よいあんばいだと、頓兵衛がほっと胸を撫でおろしていると、ある日、家中一統に対して鷹狩りのお触令《ふれ》が出た。

この時分、武将の鷹狩りというのは珍しくない。鷹狩りは、一種の演習である。しばらく戦場から遠ざかっている武士の足腰を鍛えるのに、鷹狩ほど恰好の催しはない。

さて、その時の鷹狩りは、三河遠江の国境にある守利峠《もりとうげ》を中心として、かなり大規模なものであったが、もとより頓兵衛もお供の列に加わっている。

やがて鷹狩りの陣が張られると、勢子《せこ》のかけ声の勇ましく、追々君の御前に自慢の獲物が持ちこまれたが、ちょうどそういう最中である。

「これこれ、頓兵衛」

と、いましも君の側から出ていこうとする頓兵衛を、家康はふと呼びとめた。

「はあ、何か御用でござりますか」

「その方に、ちと内密で頼みがある」

「はあ、内密の御用と仰有いますと？」

「ほかでもない。名和修理之助《なわしゆうりのすけ》と申す者が、このあたりに住居いたす筈じゃ。その方ちょっと、それを突きとめて来てはくれぬか」

ときいて、頓兵衛、内心はっと驚いた。名和修理之助というのは、松平以来の旧臣である。かつては、家康股肱《ここう》の臣と頼んでいたが、すぐる三方ヶ原の戦いに、家康が武田勢と戦って大いに敗れた時、その戦いの無謀なることを説いて諫止《かんし》したことがある。

家康がそれを肯《がえ》んじなかったので、修理之助は憤然として、真先きに敵陣へ斬りこみ、腰に大きな傷手を負うた。この戦いは果せる哉《かな》、三河勢の大敗に終ったが、戦後修理之助は負傷を名として致仕《ちし》し、その後杳《よう》として行方が知れなかったのである。

頓兵衛はいまはじめて、今日の鷹狩りの真意を知った。家康は鷹狩りに事寄せて旧臣名和修理之助を訪《と》わんとしているのである。三方ヶ原の大敗以来、家康の心中に絶えずわだかまっているのは、あの聡明な修理之助のことであったろう。そしていま意地を捨て、主君の方から、浪々《ろうろう》の旧臣を訪おうとしているのだ。そう考えると、頓兵衛の胸には、俄かに熱いものがこみあげて来た。

「は、委細承知いたしました。そして、修理之助殿所在がわかりました節は……」

「後刻余が参ると申してくれ。しかし、このこと必ずともに他言無用じゃぞ」

「承知いたしました」

と、主君のまえをさがった矢柄頓兵衛。それからまっすぐに峠の坂へかかったが、と、その途中である。

「誰だ、何者だ、そこにいるのは！」

頓兵衛、俄かに刀の柄に手をかけると、かたわらの森の中に駆けこんだ。何者かが、自分の姿をみて、つと、森かげに逃げこんだのを見たからである。

何んといっても、そこは御前ちかくである。この戦国の時代にあっては、いついかなる場合でも、油断は禁物であった。鷹狩りなどの場合、どこからどういう間者《かんじや》が忍び寄らぬものでもない。怪しい者とみれば、詮議を怠ってはならぬというお触令《ふれ》を、頓兵衛も肝に銘じておぼえていた。

頓兵衛に推何《すいか》された相手は、それによって立ちどまるどころか、かえっていよいよ森の中ふかく逃げこんだ。蓑笠をつけていると見えて、黄色いものが、暗い森の下草の中を隠顕《いんけん》した。道を選ばず逃げていく足下で小枝がぴしぴし音をたてて折れた。頓兵衛はいよいよ怪しんだ。

「おのれ、怪しいやつ、待て、待てと申すに待たぬか！」

森の奥深く、そこだけ草地になっているところで、ようやく追いついた頓兵衛が、いきなり相手に跳《おど》りかかると、

「あれ、御免下さりませ。怪しいものではございませぬ。つい、道を踏み迷うた者でございます」

意外、蓑の下から洩れる声は、優しい女性のそれであった。頓兵衛も、これにははっとし拍子抜けの態《てい》で、

「なんだ、女か」

と、苦笑を洩らしたが、すぐまたきっと容《かたち》を改めると、

「しかし、その女が何用あってこの辺を徘徊いたしておる。今日は何人も、この山へ登ってはならぬとお触令が出ている筈だが」

「はい、それはよく存じておりますが、差し迫って薬が入用のため、つい掟を犯しました。無調法の段は、何卒お許し下されませ」

と、笠をとってその場に手をつかえた娘の顔を見て、頓兵衛あっと二度びっくりだ。若い娘とはわかっていたが、それにしても、これほどの美人とは夢にも思わなかったのである。しかし、年齢は十六、七だろう。このあたりの村の娘と見えてなるほど衣服は粗末である。しかし、自然の気で洗いあげたような清浄な美しさは、見る者の眼を瞠《みは》らせるに十分だった。頓兵衛、思わずふうむと唸りながら、

「おお、それでは何か、薬草をとりに見えられたと申すか」

と、俄かに言葉も改まる。この辺で薬草がとれることは頓兵衛もよく知っている。

「はい。それでございますから、決して怪しい者ではございませぬ。どうぞお許し下されませ」

「ふむ、するとそなたはこのあたりの娘だな」

「はい」

「しからばきくが、この辺に名和修理之助殿と申さるる御仁がお住まいの筈じゃが、そなた知ってはおらぬか」

「あの、名和修理之助様……でございますか？」

娘は不思議そうに、頓兵衛の顔を見守りながら、ポーッと顔を赤らめた。

「いかにも、そなた存じておるか」

「はい、よく存じておりまする。その修理之助様ならば、この峠の坂をおりた右手の藁《わら》葺《ぶ》きの家でございます」

「かたじけない」

とそのまま行こうとしたが、何んとなく後髪がひかれる思いだった。娘の美しい瞳がやきついて、思わず振りかえってみたくなる心得だった。それをわざと押えるように、いっさんに森を出て峠を下ると、なるほど右側に藁葺きの家が見える。その柴戸を叩きながら、

「お頼み申す、お頼み申す」

と、訪うと、これは驚いた。

「誰だね。鹿爪《しかつめ》らしいその挨拶、用事があったらさっさと入りな」

と、中から大声をあげたのは、なんとこれが、まだ十六、七の小娘である。縹緻《きりよう》はそう悪くはないが、一眼見てわかる低脳児、いやに赤いものをひらつかせながら、頓兵衛の姿を見ると、べたべたと駆け寄って来た。

「おまえさん、どこから来たね？」

「拙者は向うから参ったが、名和修理之助殿のお住居はこちらか」

「ああ、そうだよ。伯父さん、伯父さん、誰か来たよ。いやにちんちくりんの客が来たよ」

頓兵衛これにはことごとく閉口したが、その時、障子をさらりとひらいて顔を出したのは、見覚えのある修理之助だった。病みほうけて、見るかげもない風態の中にも、どこか毅然としたところは、昔ながらのその人だった。

「おお、あなたは名和殿、拙者は矢柄孫兵衛の倅頓兵衛でござる。お懐しうございます」

頓兵衛ときいた刹那、修理之助の眼は怪しく光ったが、すぐにっこりと笑うと、

「おお、そういえばどこかに幼な顔が残っている。よく成人いたされたな。お多世《たせ》、お多世、お客人にお洗足を差上げぬか」

「修理之助様、あれなるは姪御で……」

「いかにも、人並みでない不愍な娘、拙者の気懸りの種でござる。頓兵衛殿、かような娘でもどこかによい婿があったらお世話下さらぬか」

と、意味ありげにじっと顔を見られ、頓兵衛思わず顫《ふる》えあがった。

頓兵衛窮地

矢柄頓兵衛が尊敬する先輩、本多平八郎に招かれたのは、それから三日ほど後のことである。何ごとだろうと出向いてみると、平八郎はにやにやしながら、

「頓兵衛、その方この間の鷹狩りの節、名和殿の寓居《ぐうきょ》を訪ねたそうだな」

「はい、訪ねましたが……それがどうかいたしましたか」

「その節、修理之助殿の姪というのに逢うたそうじゃが」

「はい、逢いました。お多世殿というので……」

「お多世、俺はお多衣《たえ》ときいたが、まあ、どっちでもよい。どうじゃな。あの娘は
……」

「どうじゃといって、何がどうでございます」

「とぼけるな。あの娘を女房にする気はないかと申すのだ」

と、聞いて頓兵衛顫えあがった。

「平八郎殿。何を御冗談仰せられる。拙者、そのようなことは、真平御免でございます」

むっとして真っ赤になると、平八郎はそれを誤解して、

「はははは、はにかむな。その方もだいぶ気がある様子だったと申すではないか」

「何を馬鹿な」

「いや、これは冗談だが、ほんとにどうだ。向うでは、頓兵衛殿なら、申分ないと申しておるそうだ」

頓兵衛すっかり情なくなった。あんな低脳娘に申分などあられては、それこそ人間かたなしである。

「どうだな。頓兵衛、その方も十九歳ともなれば、そろそろ身を固めねばならぬ年頃だが」

「お言葉でございますが、平八郎殿、その儀ばかりは御免下され」

「はてな」

「何んぼ何んでも。それでは拙者が可哀そうで」

「どうしてじゃろう。何がそんなに気に入らぬのかな。御主君の仰せでは、その方にうってつけの女房だということであったが」

「げっ、それでは、これは御主君のお言葉添えで……」

「いかにも。御主君には、名和殿にひとかたならぬ義理をかんじていられる。それで、先だっても鷹狩りにことよせてその寓居を訪われたが、名和殿は二度と刀をとる気はないとの言葉だったそうじゃ。ただ気にかかるのは姪のこと、これだけは立派な婿を持したいと、かねて主君に訴えていられた。そこで御主君が白羽の矢を立てられたが、頓兵衛、その方だ。どうだ、頓兵衛、それでも否か」

頓兵衛それをきくと、いよいよげんなりした。なるほどあの娘なら懸賞がつくのも無理はないが、それにしても白羽の矢を立てられたこの身こそ、とんだ災難だ。

「平八郎殿、お言葉は辱《かたじけの》うございますが、何をいうにも人間一生のこと、即答もなりかねますれば……」

と、逃げをうつと、平八郎もうなずいて、

「ふむ、それはもっともだが、では、なるべく早く返事をきかせてくれよ。御主君も、だいぶ痺《しびれ》を切らせていらるる模様だから」

「はい、それでは御免」

と、その場はそこそこ切りあげて来たが、頓兵衛すっかり世の中が情なくなった。

御主君も御主君だが、平八郎殿も平八郎殿だ。なるほど自分とて人並みの体ではない。しかし、自分が人並みでないのは、唯柄が小さいだけである。柄は小さくとも、肝っ玉は人並み外れて大きなつもり、戦場の働きでは人後に落ちぬこの頓兵衛だ。それを何ぞや。撰りに撰ってあんな低脳娘など……縹緻をとやかくいうのではない。御主君の仰せとあらば、たとえ眼っかち兎口《みつくち》でも辛抱する。しかし、あれでは、将来うまれるであろう赤ん坊のことが案じられる。

……と頓兵衛、柄にもなく、ちかごろ思案投首の態だが、そんなこととは知らぬ平八郎のところからは、毎日矢のような催促、まだかまだかとせっついて来る。それを一寸のばしのばししていると、ある日、主君家康から俄かのお召しだ。

さては――と、頓兵衛、おっかなびっくりで伺候《しこう》し、

「申上げます。先だってよりの儀なれば……」

と、いいかけると、家康は俄かに笑い出し、

「いや、その儀ならばよいよい。あれは本多平八郎にまかせてある故、とくと思案いたしたうえ、返事をするがよい。今日招び出したはそれではなく……」

と、人払いのうえ、渡されたのは一通の書状である。

「これを安土の織田殿まで届けて貰いたいのじゃ。が、大事な書面故、何人にも内密でな」

縁談でないとわかって頓兵衛俄かに元気づいた。

「はっ、身命にかえましても……」

「ふむ、必ずひとに気取られるな。街道には敵の間者もひそんでいよう。気をつけて参れ」

「委細承知」と、頓兵衛が立あがろうとするのを、

「頓兵衛、頓兵衛」と、呼びとめて、

「それにしても、その方、どうしてもあの娘は気に入らぬか」

「はい、いいえ、あの……そうではございませぬが、心願の筋あって三年のあいだは……」

「ははははは、よいよい。その言葉を忘れるな」

家康の笑い声をうしろにきいた頓兵衛、虎口《ここう》を脱した思いで汗をふきふき、御前を退出すると、すぐに百姓姿に身をかえて、お長屋を出発したが……。

怪琵琶法師

その頃、安土の城は、まだ竣成《しゅんせい》してはいなかった。しかし、いま海内随一の権勢をほこる織田信長が、武将丹羽長秀を督励して、その完成を急いでいるだけあって、工事の進捗《しんちょく》は驚くばかりであった。

それだけに、天下の眼はこの城ひとつに集まって、諸方から間者が入りこみ、工事の模様を探っている。

頓兵衛も、それくらいのことはよく知っているから、用心に用心を重ねてやって来たのは、木曽川のほとりである。これを越えると美濃の国、織田氏の所領である。

その時分、頓兵衛は盲目の琵琶法師の伴侶になった。名前をきくと、雁阿彌《がんあみ》、戦乱に追われて、諸国を流浪する者であると語った。

「そして御坊には、これからどちらへおいでてでございますな」

「さようで、噂に聞けば近江の安土には、この度、立派なお城が出来るとのこと、御城下の繁昌もさこそと思われますので、しばらくそこに足をとどめた後、京都へ参ろうと思います」

「なるほど、それはよい御思案じゃ。織田殿といえばいま天下一の大将、その御城下ならば御坊の収入も多かろう。幸い私もその方へ参りますもの、御一緒に行きましょうか」

「それはよい伴侶、どうぞお連れ下さいまし」

まったく雁阿彌は、よい伴侶であった。諸国を流浪して歩いたというだけあって、珍しい国々の風物をよく知っていた。諸国の人情にも通じ、武将たちの月旦《しなさだめ》にも、あなどりがたい観察力を示した。

「なるほど御坊のように世の中を長く見て来た御仁は、いろいろのことがおわかりでござろうが、して、ちかごろ名高い大将といえば、どういう方でございましょうな？」

頓兵衛がかまをかけると、

「さようで、私どもにはよくわかりませぬが、まず何んといっても織田殿が随一、そしてその幕下には沢山器量人もございましょうが、これをのぞいては、まず、徳川殿でございましょうか」

「はてな、しかし家康様といえば、ついこないだまでは人質《ひとじち》だなどと、ずいぶん御苦労をなされたというではございませぬか」

「さあ、その御苦労の実を結ぶ折がいまに参りましょう。これからは、強い、猛々しいというだけでは、立派な大将になれませぬからなあ」

自分の主君を褒められて、頓兵衛もまんざら嬉しくないことはなかった。

ところが木曽川を越えて、美濃に入ってから、雁阿彌が折々妙なことをいい出した。

「連れの方、あなたにはほかにお伴れの方がございまするか」

「連れ？　いや、どうして？　御坊のほかに伴れはありませんが」

「そうですか」

雁阿彌は眉をひそめて、

「妙だな。たしかに誰かついて来る」

「誰かついて来る？」

頓兵衛は、はっとしてあとさきを見廻わしたが、別に人影は見られなかった。そういうと、

「いやいや、あなたの眼に見えなくとも、私にはちゃんとわかっている。しかも、それは女子じゃ。娘じゃ。まだ十六、七のな。……たしか昨夜の泊りの折にも、その娘があなたの部屋へ忍びこんだようすだったが……」

雁阿彌は、にやにやと薄笑いをうかべていたが、頓兵衛はそれをきくと、はっと自分の襟へ手をやった。そこに密書が縫いこんである。

雁阿彌は、さりげなく笑うと、

「はははは、いやお心当りがないなら結構。おおかた私の思いちがいであろう」

後は言葉も少なく、それから間もなくやって来たのは、とある河のほとり。頓兵衛はあたりを見渡して、

「これは困った。御坊、渡舟が見えぬ」

「おお、渡舟が見えませぬか。それは困りましたな。今日のうちに大垣へつきたいと思いましたが」

「ええ、ままよ、舟がなければ歩いて渡るだけのことだ。御坊、肩へおつかまりなさい

まし」

「えっ、それじゃ負うて渡って下さるか」

「旅は道伴《みちづ》れということもございます。さあさあ、おつかまりなさいまし」

琵琶法師を背に負うて、河の中流まで来た時だった。頓兵衛は突如、咽喉《のど》のあたりに痛みをかんじて、

「何をする」

振返った眼先きに、雁阿彌のくわっと見ひらいた眼と、ふりかぶった短刀が眼にうつったが……それきり後はわからない……。

春爛漫《らんまん》

頓兵衛は、夢を見ているのではないかと思った。いつか守利峠の山中で出会った娘が、にっこりと顔のうえで笑っている。気がつくとそこは磧《かわら》の砂の上で、そばには焚火《たきび》があかあかと燃えている。咽喉のあたりには紅い絹がまいてあった。

「おお、お女中」

起き直ろうとすると、

「あれ、気がおつきになりましたか」

「してして、さっきの琵琶法師は……」

いいかけて頓兵衛は、はっと気がついた。襟を見ると無残にも切りさかれ、大事な密書は紛失している。

頓兵衛はやにわに刀をとりあげて、腹につっ立てようとしたが、その時、娘が身をもって、その片腕に取りすがった。

「これ、お女中、お離し下され。拙者は死なねばなりませぬ。大事な書面を……いや、離して下され、離して下され」

「いいえ、いいえ、死んではなりませぬ。たとえ大事な御書面を紛失されたとて、ここで死なれてはお使いの趣旨が立ちましょうか。機密を盗まれたことを、御主君にお報らせもせで、それでよいのでしょうか」

「と、申してこのままでは……」

「いいえ、死んではなりませぬ。死にさえすれば何もかもおさまるという考えは、本当の武士道ではございますまい。縮尻《しくじ》っても、縮尻っても生き抜いて、それを償うこそ、まことの武士道、頓兵衛様」

「えっ！」

「書面ならば、ここにござりまする。あの琵琶法師の挙動が怪しい思われましたので、昨夜の泊りで、そっとすりかえておきました。いまごろはあの法師、偽手紙を抱いて喜んでいることでございましょう」

「お女中」

「はい」

「そして、そなたは……いったいどなたでございます」

娘はとたんに、頬を染めた。

「あれ、よく御存じのくせに……わたくしはあなた様に嫌われた者、名和修理之助の姪のお多衣でございます」

「……と、いうのが今日の話、その時のお多衣というのがここにいる婆さんじゃ。お多衣は平八郎殿の命をふくんで、俺の後を慕うて来たそうじゃが、ははは、それにしても名和殿にお多衣とお多世と二人の姪のある事を知らなかったのが縮尻の元。それから首尾よく使命を果して、浜松へかえってから、早速御前へ出て、縁談承諾の趣《むね》を申上げたが、いやその時はきまりが悪かったな。頓兵衛——と御主君が仰せられるには、いやいやせっかくながらもう三年待ったがよかろう。男たる者がいったん立てた誓いを破るのはよろしくないぞ……と。はははは」

と、頓兵衛は、いささかあてられぎみに、好奇の眼をみはっている一族八十余人を見わたして、春爛漫に大きく笑った。

めおと武士道

引馬野《ひくまの》の馬市

幕臣矢柄頓兵衛正勝が、士気作興の一助にもと一族郎党八十余名を、駿河台のわが家に集め、月に一回語ってきかせる戦場話、この度はその第四回目である。

「お多衣、お多衣」

良人《おっと》の声だった。

昔戸の井戸端で洗濯物していた女房のお多衣が、それをきいて急いで表へまわってみると、いましも外から帰って来た頓兵衛は、すっかり顔色がかわっていた。

「お多衣」

頓兵衛は妻の顔を見るなり、噛みつきそうな声で、

「俺は無念じゃ。残念じゃ」

と、子供のように地団駄を踏んでいる。

「まあ、どう遊ばしたのでございます」

お多衣はわざと落着きはらって、赤い襷《たすき》を外しながら、

「表からかえって来るなり、無念だの残念だのとおっしゃって……ほほほほほ、子供のようにそんなところで地団駄ばかり踏んでいずと、さあこちらへお入りなさいませ」

お多衣は汗ばんだ顔を、袖口で拭きながら、白い歯を見せてにっこり笑う。まるで駄々っ児《こ》の弟をさとす姉のような口吻《くちぶり》である。

天正五年の春のことで、菜の花がそこらいちめん、黄色い花粉をまきちらしている。洗濯などしていると、汗ばむくらい陽気が暖かになっている。お多衣は血色のいい顔色をしていた。

「地団駄を踏むなと申して、これが踏まずにおれようか。俺は無念じゃ。残念じゃぞ」

頓兵衛はもう一度、門口で地団駄を踏んでみせたうえに、ばりばりと歯軋《はぎし》りまでしてみせた。よほど激昂《げきこう》してかえって来たと見えて、顔が真赤に充血している。汗がだらだら流れている。どんぐり眼をとがらせて、歯軋りをしているところは、とんと猿のようだ。

お多衣は気の毒そうに、

「まあまあ、よろしうございます。何がお気に障ったのか存じませぬが、話はゆっくり奥でできます。それそれ、そんなところで大声を出していると、お長屋の衆が笑いますよ」

「笑ったとて構わぬ。誰が笑おうと譏《そし》ろうと、俺の無念さにはかわりないぞ」

「それはそうでございますが、いつまでもそんなところで駄々を捏《こ》ねずに、まあ、奥へお入りなさいませ」

やんわりお多衣に手をとられて、頓兵衛やっといくらか激昂がおさまった。

この時頓兵衛は二十歳、お多衣は二つちがいの十八歳、昨年祝言の盃をしたばかりで、夫婦になってまだ一年と経っていないが、お多衣の女房ぶりはすっかり板についている。

柄からいっても気性からいっても、お多衣のほうが姉に見える。ちんちくりんで性急《せっかち》で、喧嘩っ早い頓兵衛に反して、お多衣はすらりと背も高く、縹緻《きりよう》も美しく、思慮分割にもとんでいるから、頓兵衛にはもったいないような女房だという評判である。

やっと奥の一間に落着くと、お多衣は器用な手つきで茶を滝《い》れながら、

「さあ、一服召上れ。それからゆっくりお話を伺いましょう。何かまた馬市で、不快なことでもございましたか」

今日は浜松城外の引馬野《ひくまの》で、馬市が立つ日であった。武士にとっては乗馬は、甲冑にも劣らぬ必需品であった。だから大きな御城下などでは、時々馬市が立つことがある。いま街道で日の出の勢いのある浜松などでも、年に二、三度は馬市が立ったが、今日は別して大仕掛けな市で、駿馬《しゅんめ》も揃っているというところから、頓兵衛も楽しみにして、朝早くから出かけていった。

そこできっと博労相手に、喧嘩でもしたのであろうとお多衣は思った。

「ふむ、不快も不快、武士たるものを嘲弄致しおって、俺は残念じゃ、無念じゃ」

果してお多衣の思ったとおりだった。頓兵衛は熱い茶にむせながら、しきりに口惜しがっている。

「ほほほほほ、ただ無念じゃ、残念じゃとだけでは分かりませぬ。まあ、はじめからお聞かせ下さいませ」

落着きはらったお多衣の、涼やかな眸《ひとみ》に、頓兵衛もやっと口が利けるようになった。

そこでどもりながらも語ったところによると、およそ次のようないきさつだった。

頓兵衛の楽しみにしていたとおり、今日は馬市は近年にない見事なものであった。駿馬もあまた揃っていたが、中でも一頭、強く頓兵衛の眼をひいた馬があった。

それは栗毛の三歳駒で、毛なみといい、脚の強さ逞ましさといい、胴まわりの曲線といい、まったくほれぼれとするくらいの逸物だった。

「旦那、いかがでございます」

頓兵衛の惚れこんだ様子をみると、そろそろ博労が側へよって来た。

「見事なものじゃございませんか。あっしも長年馬を扱っておりますが、こんな見事な奴にお眼にかかったのは、近年はじめてでございます」

「ふむ、木曽駒じゃな」

「へえ、木曽も木曽、きっすいのまじり気なしというやつでございます」

「ふうむ」

鬣《たてがみ》をなでながら、頓兵衛はもう一度唸った。すっかり気に入ったからである。

「そして値はいかほどじゃな」

「へえ、うんとお安く願いますぜ」

「安くすると申して何程じゃ」

「十両ではいかがでございます」

「十両？」

頓兵衛は思わず唾を飲みこんだ。まだ小僧の貧乏暮し、十両などという金は、頓兵衛にとっては及びもつかぬ額である。

「十両とはよい値じゃな」

「そりゃまあ、かりそめにもお侍様のお召料になろうという代物、そんじょそこらの駄馬のようなわけにはいきません。で、どのくらいならお気に召しますので」

「どのくらいと申して……なるほど逸物は逸物であるが、少々癇《かん》が強そうではないか」

「そりゃ、いくらか癇は強うございます。また、癇が強いくらいでなけりゃ、立派な馬と申せませんので、それをまたうまく乗りこなすのがお侍様の技量《うで》でございます」

「ふむ、そういえばそんな物だが、脚が少し細過ぎるようだな」

「へえ」

「それに首が少々長過ぎる。鬣も短い。毛並みも褪《あ》せている。それに……」

「もしもし、お侍様、いい加減にしておくんなさい。そしていったい、どのくらいならお気に召しますんで」

「そうじゃな。物は相談じゃが、二両ぐらいではどうじゃろう」

とたんに博労の手が、頓兵衛の肩をついた。ふいをくらって頓兵衛は、二、三歩よろけながら、

「これ、何を致す」

「何をするもへちまもあるものか。やいやい、さんぴん、金がねえならねえといえ。これ博労、まことに見事な馬で気に入ったが、残念ながら持ちあわせが足りねえ。少しばかり安くしては貰えねえかと、はじめから事をわけた相談なら、こちらも男だ。乗らねえことはねえ。それを何んだい。やれ癇が強そうだの、脚が細過ぎるだの、首が長過ぎるだの、勝手な難癖をつけやがって、売らねえよ、誰も買って貰おうたあいやしねえ。第一、おまえなんかに売るにやもったいないや。お前なんか馬に乗るがらじゃねえ。箒《ほうき》にでも乗りやがれ」

何しろ、博労などという者は気が強い。相手が武士だからといって、恐れているようじゃ勤まらない。べらべら油紙に火がつくように悪態を浴せかけられて、頓兵衛もく

わっとなった。

「おのれ、武士に向って無礼な奴」

「何よ、何が武士だ、武士という者はな、ちゃんと駿馬の見分けがつくものだ。お前なんかに馬の善悪がわかってたまるものか。そんなところに立っていられては商売の邪魔だから、さっさと向うへいってくれ」

べっと足下に唾をはきかけられて、頓兵衛は思わず刀の柄に手をかけた。

「おのれ」

「おや斬る気かい。この俺を斬る気かい。そいつは面白え。おい、みんな聞いてくれ。馬が買えねえからってこのお侍、俺《おいら》を斬るんだとよ。おお斬られようじゃねえか。さあ、斬れ、どこからでも斬りやがれ」

騒ぎをききつけて、はや辺りにはいっぱいの人群《だか》りだ。朝がまだ早いので、武士の姿はそう見えない。おもに博労たちである。かれらは朋輩のよしみで、さかんに頓兵衛にむかって罵声を浴せかける。

頓兵衛は、いよいよ逆上したが、さりとて人ひとりそう無闇に斬るわけにはいかない。

「おのれ、無礼者！」

と、口から泡を吹いたものの、刀の柄にかけた手のやり場に困った。

博労はいよいよ図にのって、

「なんだ、なんだ。斬らねえのか。腰にたばさんだ刀は伊達じゃあるめえ。すっぱり抜いて斬りやがれ」

背をすりつけられて、頓兵衛はいよいよ困《こう》じ果てたが、その時だった。

「矢柄殿、いったいこの態は、どうしたものじゃ」

と、うしろから、頓兵衛の肘に手をかけた者がある。

「それがお多衣、誰だと思う」

と、頓兵衛はまた眼《まなこ》をいからせた。

「お家中の方でございましたか」

「ふむ、家中の者は家中の者だが、あのげじげじのような熊田左仲《くまださちゅう》だ」

「まあ！」

と、お多衣は思わず美しい眉に皺をよせた。

熊田左仲は、頓兵衛より二つ年長の二十二歳だが、どういうものか二人はうまがあわない。犬と猿のあいだがらである。顔をあわせば必ずいがみあう。お多衣はそれを知っているから、悪いところへ……と、思わず溜息が出るのである。

「そして、その熊田様が何か申しましたか」

「ふむ。博労といっしょになって、この俺を嘲弄致しおった。小身者の頓兵衛に、十両の馬をあがなうなどとは、天に梯子《はしご》をかけるも同然じゃとあざ嗤《わら》いおった。お多衣、俺は無念じゃ。残念じゃぞ」

頓兵衛が口惜しがっているのは、博労よりも、むしろ熊田左仲に対してであった。

お多衣は美しい唇をかみながら、じっと考えこんでいたが、やがてきっと眉をあげると、

「あなた、熊田様がそのような事を申しましたか。小身者の頓兵衛に、十両の馬をあがなうなどとは、天に梯子をかけるも同然などと……」

「ふむ、申した。そして博労といっしょに笑いおった」

「そして、その馬はきっと十両の値打ちがあるのでございますか」

「ある。十両でも二十両でも俺は買いたい」

「まだ、売れてはおりますまいね」

「さあ……十両といえば大金、そうやすやすと売れまいとは思うが……」

お多衣はふいにすらりと立って、床わきのちがい棚から、手文庫を取りおろした。

「あなた」と、手文庫をひらきながら、

「その馬をお買い求め下さいまし。よき乗馬は、よき家来にまさると申します。お金はここに……」

と、白紙にのせてざらりと出した山吹色の黄金十両。頓兵衛はそれを見ると思わず眼をまるくしたのである。

乗馬、兵衛

妻の心尽しの黄金十両。それをふところにして喜び勇んでとび出した頓兵衛が、ふたたびわが家へかえって来たのは、それから一刻あまり後のことだった。

「あなた、馬は……」

「いけない」

頓兵衛は、すっかり悄気《しょげ》切っていた。

「いけない？　それではもう売れたのでございますか」

「ふむ」

「そして買ったお方は？」

「熊田左仲だ」

「まあ！」

お多衣は、思わず息をのんだ。

「熊田様がお買いになったのでございますか」

「ふむ、七両で買っていったそうじゃ。あいつめ、喧嘩の仲裁をよい事にして、うまく博労を口説き落しおったと見える」

頓兵衛落胆のあまり、口を利くさえ大儀そうだった。

「しかし、熊田様は、ほかに御乗馬をお持ちではございませぬか」

「持っている。持っていながら、俺の懇望した馬を買いとっていきおったのじゃ。つまり俺に対するいやがらせじゃ」

頓兵衛は溜息をついた。

これがほかの者ならば、仔細を話して譲りうけるという手がないでもない。しかし、相手が犬と猿の熊田左仲であって見れば、頼む気にもなれないし、よしまた頼んだところで、向うがきき入れそうな筈もない。

お多衣は、良人といっしょに溜息をついた。

「あなた」

「ふむ」

「申しわけがございませぬ」

「どうして？　何が……？」

「こんなこととわかったら、最初、おでかけなる時、お金をお渡し致しましたものを。良人の大事な時でない限り、決して手をつけてはならぬと、嫁いで参ります時、伯父から戴いた金、とうとう無駄にしてしまいました」

「いや、そちが悪いのではない。しょせんは俺《わし》に運がなかったのじゃよ。あきらめよう」

「あきらめられますか」

「あきらめられぬが、あきらめるよりほかに法はあるまい。相手が熊田左仲では、考えただけでも胸糞が悪いわい」

頓兵衛は、淋しそうな苦笑いをもらした。

頓兵衛はそれっきり、その馬のことはあきらめるつもりだった。なるべく忘れてしまうようにつとめた。しかし、ここにまたひとつ事件が起って、どうしても忘れることが出来ぬ破目なった。ある日。

「頓兵衛、うちにか」

と、のっそりと入って来たのは、寺田三之丞という合長屋の朋輩だった。

「おお、三之丞か。まあ、こちらへ入れ。いまいっぱい飲もうとしているところだ。貴公も飲め」

「おやおや、これは御馳走だな。お内儀、お雑作になります」

日頃から、うまのあっている頓兵衛と三之丞、お多衣の酌で飲みはじめたが、そのうちに三之丞がふと思い出したように、

「時に頓兵衛殿、貴公あれをきいたか」

「あれとは？」

「熊田左仲の馬のことだ」

「何？」

頓兵衛は盃を持ったまま、思わず相手の顔を見直した。

「熊田左仲の馬がどうした」

声が思わず上ずった。

「おや、それじゃ貴公、まだ知らぬな」

「いや、知らぬことはない。熊田左仲が駿馬を手に入れたことはきいている。そして、その馬は俺が懇望の逸物だった」

「それだけか、貴公の知っているのは？」

「まだほかに何かあるのか」

「ふむ、そのことだが、熊田左仲め、その馬に妙な名前をつけおった」

「妙な名前とは」

「ゝ兵衛という名をな」

「何？　ゝ兵衛？」

頓兵衛は、ぐっと盃を握りしめた。お多衣もさすがに顔色がかわった。

「ふむ、馬の尻っぺたにな、ゝという字を大きく焼きつけてな。やれ、ゝ兵衛、走れ、それ、ゝ兵衛とまれ、このゝ兵衛の大馬鹿野郎などとな。いや、きいていても腹が立つわ」

三之丞でさえ腹が立つくらいだから、当の本人頓兵衛が立腹したのも無理はない。持っていた盃を、やにわに庭へ投げつけると、すっくとばかり立ちあがった。

「あれ、あなた」

「お多衣、刀を持て、俺の刀をここへ持って来い」

「あれ、まあ、あなた。お静かになさいませ。血相かえていったいどうなさるおつもりでございます」

「どうするとは知れたことだ。熊田左仲を叩き斬るのだ」

「まあまあ、お待ち下さいまし。そのような短気な事をなすっては、殿に対しても申し訳ございますまい。よいではございませぬか。熊田様が御乗馬に、なんと名前をつけようとも、あなたの知ったことではございませぬ。勝手にさせておおきあそばせ」

「それじゃといってこれがみすみす……」

「それが御短慮と申すもの。いまは朋輩争いをしている場合ではございませぬ。一人でも御家来衆の大事な場合、お二人のうちのどちらに怪我あやまちがあったとて、殿に対して申し訳ございませぬ」

もっともなお多衣の言葉に、頓兵衛はどっかとあぐらをかくと、

「三之丞、俺は口惜しい」

両手を顔にあてて男泣きに泣き出した。

お多衣の智恵

熊田左仲の乗馬の事は、しだいに家中の評判になった。

左仲は毎朝、これ見よがしに、兵衛を乗りまわしながら、人に会うと、

「はははは、いかがでござるな。拙者の乗馬は」

と、大口あけて笑う。その馬の見事な栗毛の尻っぺたには、という字が大きく焼きつけてある。

「いや、まことに結構な駿馬でござるな」

などと相手がうっかり答えると、左仲はたちまち面をふくらませて、

「いや、ところがそうではない。見たところはなかなか見事だが、根はいたってのうつけ者でな。行儀作法も知らぬ山出し馬、これ、兵衛、ちゃんと挨拶を致しおらぬか。これ、このとおり、何を申しても馬の耳に念仏じゃ。いやはや、まことに困った、兵衛の大馬鹿野郎でござるて」

左仲は眼を細めて、からからと笑うのである。

こういう噂が耳に入るにつけ、頓兵衛の腹は煮えくり返るようだ。しかし、妻の意見もあるので、喧嘩を売りつけるわけにもいかない。むしゃくしゃ腹をおさえつけながら、なるべく左仲と顔をあわせぬようにしていた。

妻のお多衣はこういう良人の様子を見るにつけ、気の毒でたまらない。お多衣とて、頓兵衛の妻である。他人が自分の良人のあだ名そのまま、乗馬につけて乗りまわしていると聞いては、決してよい心地はしないのである。

「あなた」

ある日、お多衣は何を思ったのか、良人のほうへ開き直った。

「何んだ」

頓兵衛は、浮かぬ顔をして鼻毛を抜いている。ちかごろは他の朋輩衆にも面目なくて、なるべく外出は見合わせるようにしている。

「熊田様の御乗馬のことでございますが」

「何? 左仲の馬がどうしたというのだ」

頓兵衛は、はや声を癇走らせる。

「いえ、あの……どうしたというわけではございませぬが、あの馬はかなり癇が強いとうかがっておりましたが」

「ふむ、相当強いようだな」

「そして、熊田様はよほど御乗馬がお達者でございましょうか」

「なにをあいつが、あいつのはただ馬に乗っているというだけのこと、なにが達者なものか」

「それではもしや御乗馬があばれでもすると、さぞお困りでございましょうな」

「それは困るだろう。そうだ。あの馬め、ひとあばれして、左仲めを困らせてやるといい」

「熊田様は毎朝、御城外からあやめが池の方へお馬馴らしにお出かけになりまする」

「ふむ。それがどうした」

「根気よくそれを見張っておいでなさいましたら、いつかあの馬があばれ出さぬとも限りますまい。あまり馬術のお達者でない熊田様のこと故、そうなったらさぞお困りでございましょう」

「むろん、それは困るだろう」

「そんな際、あなたが横あいから飛び出して、熊田様を助けておあげなさいましたら
……」

「誰が……誰が、あんなやつ助けてやるものか」

「いえいえ、ただ助けるのではございませぬ。条件をつけるのでございます」

「条件？」

「はい、馬とひきかえに助けてあげるのでございます」

「お多衣」

頓兵衛は妻の顔を見直して、

「なるほど、それはよい思いつきだが、そうお誂《あつ》らえどおりに、馬があばれてくれるかな」

「そこが根くらべでございます。一度でいけなければ二度、二度でいけなければ三度と、根よく見張りをつづけていれば、いつかきっと馬があばれましょう。はい、あばれるにちがいございませぬ」

何を考えているのか、お多衣の美しい眸のなかには、何やら悪戯っぽい光が揺れていた。

「お多衣、おまえはいったい何を考えているのだ」

「いいえ、何も考えてはおりませぬ……あたくしだって口惜しうございますから」

と、お多衣はそれきり話をほかにそらしてしまった。

馬問答

頓兵衛は、お多衣を信じている。

自分などとちがって、思慮分別に富み、いつもずっと深いところを見ているような妻の聡明さに、頓兵衛は一も二もなく信頼を寄せていた。

そのお多衣がいうことだから、間違いはあるまいと思った。いつかきっと、左仲の馬があばれ出して、左仲を困らすような事件が突発するにちがいないと思った。

そこで、その翌日から、頓兵衛は毎朝早く、あやめが池のほとりへ出張して、左仲の遠乗りをそれとなく監視していた。しかし、お多衣がいかに聡明でも、馬に渡りをつけるわけにはいかないから、そうお誂らえどおりにあばれてくれない。

「お多衣、おまえの言葉だが、どうもあの馬め、あばれそうにないぜ」

「あばれませぬか」

「ふむ、あばれるどころか、飼犬のようにおとなしくてな。それをまたその左仲めが、〻兵衛、〻兵衛と口汚く罵りおる。俺はもうきいているのが辛いわ」

「よろしいございます。それではもう一日やってごらんあそばせ。明日もまた、馬がおとなしくしているようなら、もうあきらめましょう」

お多衣の眸にはまた、悪戯っぽい光が揺曳《ようえい》していた。

お多衣の言葉にしたがって、頓兵衛はもう一日、あやめが池の監視をつづけることにした。

朝が早いので、池の周囲には濃い靄《もや》が立てこめている。水の中には二つ三つ白い花が浮んでいた。

頓兵衛は池のはたの樹に背をもたせかけて、ぼんやり鼻毛を抜きながら、左仲の遠乗りを待ち伏せしている。

どうも甚だあてのない待ち伏せで、今日もやっぱり無駄になりそうな気がして、頼りないことおびただしい。

お多衣はああいうが、そうお誂え向きに事が運ぶか、考えてみると心細い。それにしても左仲のやつ、今日はどうしたのかな。いつもより時刻がおそいが……頓兵衛がぼんやりそんなことを考えているところへ、突如けたたましい蹄《ひづめ》の音がきこえた。頓兵衛がはっとしてその方を振りかえると、まぎれもなく熊田左仲が馬の背にしがみついてこちらの方へ疾走してくる。

しかも、その疾走ぶりが尋常ではなかった。鬣をふり乱し、口から泡をふきながら、大きく蹄で宙をけって来るところは、間違いもなくあばれ馬の形相だ。

お多衣の予言は的中した。

、兵衛があばれ出したのである。

馬上を見ると熊田左仲、真蒼になって馬の首にしがみついている。額から瀧のような汗が流れていた。

頓兵衛はそれを見て、ばらばらと樹影《こかげ》から飛び出した。

「あっ、頓兵衛」

馬上の左仲が叫んだ。

「とめてくれ。この馬をとめてくれ」

だが、馬は頓兵衛のそばを気狂いのように通りすぎると、池をまわって向うの方へ疾走していく。頓兵衛はあわててそのあとを追って走った。

しかし、何しろ馬と人とだ。それに向うは何が気にふれたのか、狂気の如くいきりたっているのである。とても頓兵衛の足で追いつけるものではない。

見る見るうちに頓兵衛はあとへ取り残された。

気のふれた駿馬、兵衛は、背中に左仲をのっけたまま、虚空を蹴って走っていたが、やがて左仲があっと叫んだ。

ちょうどその時、、兵衛は橋のうえにさしかかっていたのだが、からりと蹄をすべらせたからたまらない。二本の前脚が橋の欄干からはみ出して、とたんに左仲はもんどりうって河の中へ投げ出された。……と、当の本人左仲も、またあとから追って来た頓兵衛もそう考えた。

だが。……事実はそうではなかった。

ぐらりと虚空におどった熊田左仲が、本能的に取り縋ったのは、丶兵衛の長い首だった。おかげで左仲は、河の中へ投げ出されるのはたすかったが、いまや千番に一番のかねあいともいうべき、河上の宙釣りという状態におちいったのである。頓兵衛が駆けつけて来たのはちょうどその時だった。

「頓兵衛、頓兵衛」

左仲は、必死の声をふりしぼった。

「助けてくれ。後生だ。助けてくれろよ」

人のいい頓兵衛は、こうなると日頃の犬と猿もうち忘れ、すぐに手を貸してやりたかったが、いや、待てしばしである。妻女の入智恵は、ここのところだ。

「あはははは、左仲、どうしたい。妙なところで涼みとしゃれこんだな」

「冗談じゃない。朋輩のよしみだ、早く手を貸してくれ」

「朋輩? そうだ。俺と貴公は朋輩だったな。日頃から至って仲のよい。あははははは、そうか。それでおれの名を、乗馬にまでつけてくれたのか。やれ、懐しや」

頓兵衛は、欄干に腰をおろして面白そうに笑った。

「おい、厭味をいうな。俺が悪かった。あやまる。あやまるから手を貸してくれ」

「あやまる？」

「あやまった、あやまった」

「ふむ、あやまるとあらば手を貸さぬでもないが、ここにひとつの条件がある」

「何んだ、おい、そう悠長なことをいうてくれるな。早く……おい、早くしてくれ」

「いやだ、いやだ、その条件というのをきいてくれなきゃ、手を貸すことは出来ん」

「わかった、わかった。そしてその条件というのは……」

「あの馬を俺にくれろ」

「何？　馬を？」

「いやか。いやなら勝手にしろ。何も俺のせいで貴公がこんな破目になったのじゃない」

「おい、足下を見るな。早く……何んでもいいから早く……ああ、腕がしびれる」

「だからさ、早く決心しろというのだ。このヽ兵衛を俺に譲れ」

「…………」

「黙っているのは、厭なのだなあ。やれやれお気の毒な。それじゃゆっくりそこで涼んでござらっしゃれ」

「頓兵衛」

左仲が、情けない声をふりしぼった。

「何んだ。まだ用があるのか」

「譲る」

「何？　それじゃ譲るか」

「ええ、いまいましい、呉れてやるわ」

「二言はないな」

「武士の言葉だ」

「よし」

頓兵衛、ここに至ってはじめて欄干から身を乗り出した。その日、、兵衛をひきつれて、意気揚々とわが家へかえって来た頓兵衛は、お多衣の顔を見るなりこういった。

「お多衣、不思議だよ。おまえの言葉とおりになった」

「さようでございますか。それは結構でございました」

お多衣は、すましてお針に余念がない。

「それにしても不思議だな。左仲のやつも、不思議だ、不思議だと、首をひねってい
た」

「何がでございます」

「おまえ、今日左仲の遠乗りに出会ったそうじゃないか」

「……」

「そして、丶兵衛ときけば良人のようで懐しうございますと、おまえが丶兵衛の首へ抱きついたと思ったら、とたんに丶兵衛のやつがあばれ出したと左仲め、うらめしそうに言っていたぜ」

「ほほほほほ」

お多衣は笑ったきりで、別になんとも答えなかった。しかし、その夜、頓兵衛が眠ってから、そっと起き出したお多衣は、俄《にわ》か作りの厩《うまや》へ忍びこむと、丶兵衛の左の耳から、珊瑚の珠を取り出してやった。するとそれまでいきり立っていた丶兵衛はやっとおとなしく落着いたのである。

これがお多衣の奇計であった。

熊田左仲も頓兵衛も、そんなことは少しも知らない。いや、うすうすは感づいたかも知れないが、さて、事新らしく詮議立てするようなことはしなかった。

「何しろ、その頃の武士は、何事にもあれ至って単純だったからな。左仲のやつめ、当座はしきりにこぼしていたが、間もなくすっかりあきらめてしまってな、おまえの妻女にはかなわんよと、それから時々俺のところへ遊びに来るようになったよ。あはははは」

今年七十七歳の頓兵衛は、大口あけて笑いながら、側にひかえている当年七十五歳の愛妻のほうを、いとおしげに見返ったものである。

カチカチ武士道

大難伊賀越え

ゝ兵衛こと、幕臣矢柄頓兵衛正勝、寛永十一年の春をもって七十七歳の齢《よわい》をかさねたがなかなかどうしてこの親爺、気の若いことといったら天下無双、談じ出すと口角泡をとばして際限がない。

ゝ兵衛の気焔といえば、当時旗本のあいだでも通りもので、だからたいがいの者が触らぬ神に祟りなしとばかり、敬して遠ざかる態度をとっている。

さあ、こうなると、ゝ兵衛老人、相手がなくて髀肉の歎に耐えない。そこで思いついたのが「矢柄頓兵衛戦場噺」。月一回、一門八十余名をわが家に召集して、若かりし日の戦場の思い出を語ってきかせようという趣向だが、そこには家長の威光でいかに弁じ、いかに談じ、いかにまくし立てようとも、誰ひとり苦情をさしはさむ者はない。

これに気を得たゝ兵衛老人、得意になって多々益々弁じようという、この度はその戦場話の第五回目である。

「さても、権現様という方は、ずいぶん御運の強いお方で、生涯に何度となく死地におちいられながら、そのつど巧みにこれを切抜けて来られた。しかも窮地におちいる毎に、前途いよいよひらけ給うたという、御運も強いがまた一方、粘りも強い、まことに古今比類のない、天晴《あっぱ》れ名将であらせられた。その権現様の御難事のなかで、いちばん大きかったのは、その方たちも知るとおり、伊賀越えの御大難。あの時ばかりはお先まっくらでこれからさき天下がどう転ぶことやら誰にもわからなかった。あの聡明な権現様でさえが、あの時ばかりは去就《きょしゅう》に迷われたという話があるくらいだから、どれだけ天下の騒動が大きかったかわかるだろう」

家康生涯の大難事といわれる伊賀越えの難とは、あの天正十年六月、本能寺の変のときの事である。

その年三月、織田氏の力をかりてついに宿敵、武田勝頼を天目山に滅ぼした家康は、五月にいたって、武田の降臣、穴山梅雪《あなやまばいせつ》を伴って安土にいたり、信長に謁《えつ》して厚恩を謝したのち、京、大阪を経て泉州堺に遊んだ。

あの本能寺の変が聞えて来たのは、実に家康が河内の飯盛に逗留《とうりゅう》している時だったが、この時ばかりは、さすが沈着な家康も動揺のいろが深かったといわれる。

それも無理からぬところで、この変事によって天下はふたたびひっくりかえったのである。しかも、事あまりに急だったから、さすが聡明な家康にも、前途の見通しがつきかねた。逆臣惟任《これとう》将軍光秀が、いかに天下に号令しようとしても、果して諸将の心を統《す》べ得るか、また人心の動揺を防止し得るか、それは甚だ疑問である。

いかに下克上のはげしかった戦国時代とはいえ、光秀の行動のごときは、天人ともに容さざるところである。と、すれば織田氏の偉業ここに潰《つい》え、天下はふたたび麻の葉のそれと乱れるのではあるまいか。

いずれにしても、この際いちばん家康が弱ったのは、自分がいま他国に遊んでいる身であるということである。変に応じ、事に処する準備をまったく欠いているということだった。従者も少なかったし武器の用意にも欠けていた。

例えて見れば裸一貫で、槍褥《やりぶすま》のなかに立たされたと同様な境涯が、その時の家康の身のうえだった。

で、この際、いちばんの問題は、何をおいても領地岡崎へひきあげねばならぬということだったが、さて、それが問題なのである。この際、果して無事に岡崎まで帰り得るだろうか。光秀の暴挙のために、国内の人心は鼎《かなえ》のごとく沸き立っている。諸将の心は動揺して、帰一するところを知らない。

そういう騒ぎのなかを、わずかの手勢をもって、無事に通り得るだろうか。いや、通り得る得ないはこの際問題ではない。無理にでも通り抜けなければならないのだが、さてその道程が問題だった。

大阪を経て京都にいたる道程は、この際問題にならぬ。まさか光秀がおめおめとこの主従をやり過すとは思われないからだ。——と、すれば、残るみちは唯ひとつ、たとえ道は難渋でも、大和を経て、伊賀を越えるよりほかに方法はなかった。

「丶兵衛、その方にひとつ頼みがある」

矢柄頓兵衛が本多平八郎のまえに呼び出されたのは、ちょうどそういう騒動の真っ最中だった。当時、頓兵衛もお供の列に加わっていたのである。

、兵衛大任

「ははっ、平八郎殿、何か私に御用でございますか」

「ふん、その方もこんどの騒ぎを知っているだろうな」

「平八郎殿、私とて盲目《めくら》でもなければ聾者《つんぼ》でもありませぬ。この大騒動を知らずにどういたしましょう」

「これこれ、理屈を申すな。知っているかと訊ねたのは言葉の綾だ」

「これは平八郎殿とも思えませぬ。この火急の場合、言葉の綾などどうでもよろしうございます。してして、私に御用とおっしゃるのは？」

「こやつ、相変らず理屈っぽい奴だ。それでは申しきかせるが、わが君にはひとまず、岡崎へおひきあげになる事になった」

「なるほど、それがいちばんでございましょう。して、その道程は？」

「されば、京都をとおるは問題ではない。とすれば、大和を経て、伊賀越えをするよりほかにみちはないが、さて、このみちとても安穏《あんのん》と申すわけには参らぬ」

「それはそうでございましょう。大和には筒井《つつい》順慶《じゅんけい》と申して日向守《ひゅうがのかみ》とは縁浅からぬ大将が頑張っておりまする。これがどう動くか、動きようによって由々しき一大事でございましょう」

「それじゃよ。と、申して、それを恐れていてはほかにみちはない。海路をとってはという説もあるが、それでは日数がかかりすぎるし、また舟の用意もなく心許ない」

「なるほど、すると八方ふさがりというわけでございますな。いっそ日向守に同腹を申し入れては？」

「控えろ！　そのような穢らわしい事を申すとただではおかぬぞ」

「いえ、これは冗談でございます。しかし平八郎殿、と、すればいったい、どうなさるおつもりでございます」

「されば、これはやはり伊賀を越えるよりほかにみちはない、わが君にもだいたい、その決心がつかれたように見受けられる」

「大丈夫でございますか」

「大丈夫か大丈夫でないか、それはやって見なければわからんが、及ばずながらこの平八郎がお側についているあいだは、君の御尊体に万が一にも間違いのあるようなことはせぬつもりじゃ」

「へえ、それはあなたがついていれば大丈夫でございましょう」

「これこれ、おべんちゃら申すな。さて、それについて、兵衛、その方にひとつ御用がある」

「へえ、その御用を聞くために、さっきよりここに控えております」

「はははは、口の減らぬ奴じゃな。さて、その御用というのはほかでもないが、その方ひと足さきに立って貰いたい」

「へえ、私がひと足さきに立ってどう致しますので」

「つまり、ゆくゆく人心を視察して貰いたいのじゃ。人の心がどう動いているか、また沿道の諸侯の動向はいかがなものか、それを逐一しらべて、あとより参るわれわれに報告して貰いたい」

「へえ、それは大役でございますな」

「大役も大役、その方の報告によっては、途中より道をかえねばならぬ破目に立至るかも知れぬ。また、もしその方の報告にして誤りあらば、わが君の御尊体にどのような累を及ぼさぬとも限らぬ。されば、くれぐれも観察をあやまたぬよう心掛けて貰わねばならぬ」

「わかりました。しかし、さきに参る私が、どのようにして、後より参らるるあなた様に連絡いたしますので」

「ふむ、それも考えている。ヽ兵衛、ちょっと耳をかせ」

と平八郎より何やらボシャボシャ囁かれた矢柄ヽ兵衛、

「なるほど、分かりました。それでは、白い花ならば無事泰平、赤い花ならば危険信号というわけでございますな」

「わかったか」

「のみこみました。それでは平八郎殿、ひとあしさきに御免」

「これこれ、ヽ兵衛、その服装では……」

「おっと、皆までおっしゃらずとも、それしきの事、このヽ兵衛、とくより承知でござりますわい」

言ったかと思うとはや頓兵衛、あっという間に、平八郎の面前から消えていた。

平八郎、呆れかえったように見送っていたが、

「はははは、相変らず気の早い奴。しかしあれでなかなか機転の利く男だから、よもや間違いはしでかすまい。いや、首尾よくつとめてくれればよいが……」

憂色濃い本多平八郎の面上には、それでもいくらかの安堵のいろが浮んでいた。

山中問答

さて、こちらは矢柄頓兵衛である。

本多平八郎のまえはわざと気軽く引受けたが、これでなかなか抜目ない男だから、今度の役目の重大さは、百も承知、二百も合点だ。だから決して油断はしない。心中にも深い覚悟を蔵している。

それから間もなく、単身大和に入った頓兵衛の服装をみると、どこでどう工面したのか、樵夫《きこり》のようなふうをしている。

その時、頓兵衛二十五歳、血気盛り男盛り、家郷にはお多衣という立派な妻女もある身だが、もってうまれた小兵から、どう見てもそういう年輩とは見えない。おまけに頗《すこぶ》る秀逸ならざる御面相をしているから（もっとも当人にいわせると、それでも天下の美丈夫だそうだが）これが姿をやつすと、誰が見ても武士とは見えぬ。

本多平八郎がこの大任に、とくに頓兵衛を抜擢したというのも、そういう美点（？）

を認めているからだろう。

さて、大和へ入ってみると、その辺の騒動は、頓兵衛の予想以上だった。何しろここは京都にちかい。それに光秀と因縁浅からざる筒井順慶の居城もある。なおそのうえに人心を動揺させる大きな原因としては、僧兵の問題がある。

大和には大伽藍《だいがらん》が少なくないが、それらの寺院では、乱世の無秩序をみずから防ぐ必要上、多くの僧兵を養っている。そういう寺院のなかには、勢い、一国一城の主をしのごうというのさえ少なくなかった。織田氏の天下統一で、僧兵は一応鎮圧されたかたちになっているが、信長が没したとなると、これがどう動くかわからない。

何しろ法《のり》の燈《あかり》を背に負うているだけに、この僧兵という奴はいちばん厄介な問題で、これが動きによっては大和一円、戦火につつまれるであろう事は火をみるより明らかだった。その大和をも無事にすぎて、さて、いよいよ頓兵衛が、伊賀へ入ろうとしている時だった。山路へかかる坂の途中で、

「あのもし、ちょっと」

と、背後から声をかけたものがある。頓兵衛がぎょっとしてあとを振りかえると、ま

だ年若い娘が艶然とわらいながら、すたすたとそばへ寄って来た。

「はてな、お呼びになったは俺《おいら》のことでございますかえ」

「ほほほほほ、まあ、あのびっくりしたようなお顔ったら。はいはい、あたりにどなたもいらっしゃいませんから、やっぱりあなたの事でございましょう」

言葉に味な綾をふくみながら、にっこり側へ摺り寄って来たのは、そう、年の頃は十八、九だろう、頗るつきの美人である。手甲《てっこう》、脚袢《きゃはん》。菅笠《すげがさ》に、大きな荷物を背負っているところをみると、旅から旅へと商い歩く、行商人という恰好だが、しかし、何がなんでもこの時代に、女の行商人はちと受取りかねる。年も若過ぎるし、また美し過ぎもする。手甲、脚袢は埃にまみれていても、天成の美しさは覆うべくもないのである。頓兵衛、早くも心中に警戒綱を敷いたが、うわべは至極さりげなく、

「はははは、こいつは一本参ったね。なるほど、あたりに人がなきゃおまえの事か。そして娘さん、何か御用かな」

「はい、繊弱《かよわ》い女のひとり旅、どうぞ道連れになって下さいまし」

いいながら、娘はまたもや味な眼付きでにっこり。頓兵衛、たちまち顎の紐をゆるめながら、

「てへへ、こいつは棚から牡丹餅《ぼたもち》だが、して娘さん、おまえこれからどこへおいでなさる」

「はい、伊賀から伊勢へ抜けて、それから尾張、三河まで参りたいと存じます」

と、まるで頓兵衛の心中を読んでいるような口吻《くちぶり》だから、頓兵衛またもやぎょっとした。しかし、うわべはあくまでもさりげなく、

「そいつはいけねえ。せっかくだが娘さん、そんなに遠くまでお供は出来ねえぜ」

「あら、どうしていけませんの」

「だって、俺《おいら》はこの近在の者だもの。支度もせずに、いかにおまえの頼みでも、そう遠っ走りは出来ねえじゃねえか」

「あら、あんな事を！」

いったかと思うと、娘はいきなり猿臂《えんぴ》をのばして、ぎゅっと頓兵衛の腕を抓ったから、これには頓兵衛も驚いた。

「あ、いたたたた、これ、娘さん、何をするのだ。おお、痛え、ほら見ねえ、こんな痣《あざ》になったじゃないか」

「あら、御免下さいまし。でも、あなたがあまり憎い口をお利きでございますもの。も

し、あなた、嘘を吐《つ》くならもっと上手におつきなさいまし」

「はてな、俺がいつ嘘をついた」

「それそれ、その口でございます。この辺の者がそんな口の利き方を致しましょうか。言葉訛《なま》りは国の手型、ほんに争われないものでございますねえ」

しまった！　と頓兵衛は思った。と、同時に心中いよいよ警戒を厳重にしながら、

「ははははは、何んだ、その事か。それじゃ俺の訛でどこの国の者だと思うのだ」

「さようでございますね。尾張か三河か、まずその辺でございましょうか……」

「なるほど、そいつは図星だ。はははははは、やっぱり争われないものだな」

「――で、ございましょう」

「と、まあ、おまえが思うのも無理はないが、俺はやっぱりこの辺の者よ」

「あれ、まだ、あんな事を……」

「まあ、聞きねえ、おまえがそう感違いしたのも無理はねえ。実は俺、若気のいたりで故郷をとび出し、長いあいだ諸国を経巡《へめぐ》っていたから、いろんな言葉訛りが出るのよ。しかし、やっぱり故郷忘じがたく、せんだってこっちへかえって来てから、すっかりここへお神輿《みこし》を据えるつもりでいるのだ」

「おやまあ、さようでございましたか。それは重々失礼なことを申しましたが、そして今日はどちらまで」

「どちらへって、服装を見ればわかろうじゃねえか。これから山へ木を切りにいくのよ」

「さようでございますか。河内から大和まで、木を切りにおいでになるとは、樵夫というしょうばいも大変でございますねえ」

しまった！　と、頓兵衛は三度心中に叫んだ。

新かちかち山

「おいおい、娘さん、聞いてりゃおまえ、さっきから変なことばかりいうようだが、そういうおまえは一体何者だえ」

「はい、私は針売りでございます。針のほかに奈良墨も扱います。もし、あなた、大和針の極く丈夫なのがございます。一本いかがでございますえ」

「篦棒《べらぼう》め、樵夫が針を買ってどうするものか。しかし娘さん、おまえ、さっきから俺のことを、いろいろ当推量してくれたが、今度は俺がおまえの生国を当てて見ようか」

「これは一段と面白うございます。して、あたしはどちらの産と見えますかしら」

「そうさな。西国者じゃねえな」

「当りました。それから？……」

「尾張よりゃ東だろう」

「そうでしょうか。それから……？」

「三河よりもまだ東だ」

「おやおやそう致しますと相模か武蔵、その見当だとお思いでございますか」

「いや、武蔵相模じゃあるめえ。それよりちょっと北へ寄った方だろう」

「え？」

「つまり甲斐か信濃かその見当だろう。どうだ、娘さん、言葉訛りは国の手型、争われないものでございますねえ」

娘はぎっくり胸に手をおいたが、すぐ、ほほほほと笑いにまぎらせると、

「これはよく当りました……と、こう申したいのはやまやまでございますが、ちょっと見当が外れました」

「はてな、違う筈はねえが」

「と、まあ、あなたのお思いになるのも無理ではございませぬが、実はわたくし、若気のいたりで故郷をとび出し、諸国を経巡っておりますから、ついいろんな言葉訛りが出るのでございます。でも、故郷忘じがたしとやら、今度故郷へかえりましたら、あなた同様、すっかりお神輿を据えるつもりでございます」

「こん畜生！」

「ほほほほほ」

「はははは」

ふたりはそこで思わず大声をあげて笑った。なかなかどうしてこの娘、ひと筋縄でいく女ではない。言葉訛りから押して、甲州の者と睨んだ眼に、間違いのない事は頓兵衛も確信を持つことが出来る。甲州者とすれば武田の遺臣か、どちらにしても油断のならぬ相手だ。しかし、話しているとなかなか面白い。ほかの際ならいつまでも、道連れになってやりたい相手だったが、いまはそうも出来ない。

「おっと忘れていた。話にうかれて、ついうかうかとここまで来たが、それじゃここで別れよう」

「あれ、どうなさるのでございます」

「どうするって、俺《おいら》は商売を始めなけれりゃならねえ」

「おやまあ、木をお切りでございますか。よろしゅうございます。それじゃわたしもお待ちいたしましょう」

「おいおい、何も待つにゃ及ばねえぜ。木を切りゃ俺はかえるのだから」

「いえ、御遠慮には及びませぬ。わたしも些《いささ》かつかれましたから」

路傍《ろぼう》へ荷をおろした娘は挺《てこ》でも動きそうにない。これには頓兵衛も弱った。まさかいきなり逃げ出すわけにもいかない。言葉の手前、恰好だけでも木を切らねばならぬ。

ええままよとばかり、いい加減に小枝を払うと、それを束ね、

「どっこいしょ、今日はこれくらいにしておこうよ」

と薪を背に負うのを、ギロリと横眼に見ながら件《くだん》の娘、

「おや、もうお済みでございますか。あれ、ちょっとお待ちなさいまし」

「はて、待てとは何か用事かい」

「はい、その薪によいものを挿してあげましょう」

つと立上った娘が、崖の途中までおりたって、折取って来たのは一本の白百合の花。

「さあ、向うをお向きなさいまし。これを挿してあげましょう」

「げっ！」

と、頓兵衛またもぎっくり。

「娘さん、それは何のまじないだえ」

「さあ……何んのまじないか存じませぬが、河内からこっちへ、要所要所へあなたの手で、バラ撒かれた白い花、よほど御執心と見受けました。さあ、この薪にさしますよ。そして切火を切ってあげましょう。ほら、かちかちかちかち——と。では、御免あそばせ」

言ったかと思うといま来た道を、娘はまっしぐらに駈けおりた。

後見送った頓兵衛、しばらく呆気《あっけ》にとられた顔色だったが、こっちも先を急ぐのである。薪を背負ったまま峠まで来ると、

「樵夫の衆、ちと憩《やす》んでいかれぬか」

路傍から声をかけた者がある。見ると切株に腰をおろした一人の山伏が、割籠《わりご》をひらいているところだった。

「いや、私は先を急ぐので、まっぴら御免下さいまし」

「まあまあ、そう急がずともよいではないか。弁当も終って、いま一服吸いたいと思っているところだ。それでは火なりと貸して下され」

「せっかくでございますが、あいにく燧石《ひうちいし》を持っておりませぬので」

それをきくと件の山伏、言下に大声をあげて笑い出した。

「何？　火を持たぬ事があるものか。それではそなたの背中でボーボー燃えているのはいったい何んじゃな」

山伏の言葉も終わらぬうちに、

「あっ、あっちっっっ！」

と、ばかりに頓兵衛跳びあがった。

背中の薪に火がついて、ボーボーと煙をあげているのだ。頓兵衛、すっかりかちかち山の狸の態《てい》。

穴山梅雪《あなやまばいせつ》

「やれやれ、すんでの事で大火傷をするところでございました。畜生！　人を狸と間違えてやがる」

「はははは、とんだかちかち山だったな。しかし、怪我がなくて何よりじゃ。いや、ちかごろの娘はこれだから油断がならぬて」

「まったくでございます。そういえばあん畜生、切火を切ってやるといって、燧石をカチカチいわせていましたが、おおかたあの時、火をつけやがったにちがいない。忌々しい奴だ」

「はははは、いまになって力んでみても仕方がない。しかし、樵夫の衆、そなたはこの辺の者かな。言葉訛りをきくと、どうやら東の者らしいが」

言葉訛りには頓兵衛もうこりごりだ。そこで今度ははじめからあっさり兜《かぶと》を脱いで、

「いや、恐れ入れました。実は俺は三河の者で、これから故郷へかえるところでございます」

「なに、三河といわれるか。それは幸い、実は俺もこれから三河へ参りたいと思ってい

るところじゃが、これはよい道連れが出来たな」

「げっ、そ、それじゃおまえさんも三河の方へ」

頓兵衛、眼を白黒させている。一難去ってまた一難とはこの事だ。見ればこの山伏、年の頃は三十二、三だが、人品骨柄、またその面構え、眼光の鋭さ、とうてい尋常とは思われぬ。それに……頓兵衛、ふいにまたもやギクリとした。この山伏にも、隠し切れない甲州訛がある！

「はははは、何をそのように眼を白黒させている。どれ、それじゃ一緒に参ろうか」

「へえ、お供いたしましょう」

頓兵衛はもうすっかり肚《はら》を極めていた。

考えてみると、あの娘と別れてすぐに、この山伏と会うというのは、まったく偶然とは思われない。同じ日に、しかもところもあろうにこの山中で、甲州訛りをもつ二人に出会おうとは、偶然としては出来過ぎている。あの針売りの娘とこの山伏と——。そのあいだに何かしら一脈の関連のあるらしい事は、もう疑う余地もなかった。

ひょっとすると、主君を狙う武田の遺臣ではあるまいか——さっき娘に関して抱いた、あのおぼろげな疑惑は、ここに至って決定的なものになったような気がする。なるほど、これだから本多平八郎が、先払いを命じたのも無理はない。さて、そうと話がわかると、相手が同道を申し込んだのは、結局、頓兵衛にとっては仕合せだった。よし、あくまでこいつに食い下って、どういう肚か探ってやろう。そこで頓兵衛は山伏について、ちょこちょこ峠を下りはじめた。

「時に樵夫の衆、そなたの名前はなんといわれるな」

「へえ、俺の名は、ゝ兵衛と申します」

「ゝ兵衛? はははは、これは面白い名前だな。そして、ゝ兵衛殿、そなた大和の方から参られたようだが、どうじゃな、向うの騒ぎは?」

「へえ。さようで。なにしろいまにも戦がおっぱじまろうというので、どこもかしこも大変な大騒ぎでございます。俺《あつし》なんかにゃよくわかりませんが、どうも大変なことになったもので」

「さよう、惟任殿にもずいぶん思いきった事をなされたものだが、これで天下はまたひっくり返るね。やはりこのままではすむまい」

「へえ、そうなるとこのまま明智の天下になりませぬか」

「ならぬな。惟任殿の所業は人倫に外れている。君、君たらずとも臣、臣たるべしじゃ。惟任殿ほどの人物がそこの弁《わきま》えがなかったとは思われぬが、やっぱり魔がさしたというべきか」

「へえ、君、君たらずとも、臣、臣たるべしですか」

「ふむ、老熟の人でもそこのところを弁えぬ。いや、弁えながらもつい一時の激情にかられて、失念いたす場合があるのは残念じゃ。たとえば、さきごろ滅亡した武田の宿将穴山梅雪などもその一人だ」

相手がだしぬけに武田家のことをいい出したので、頓兵衛またもやどきりとしたが、

「へえ、穴山とか梅雪とかいう方がどう致しましたか」

「さればじゃ、穴山梅雪殿といえば信玄公以来の武田の名将じゃ、それがいかに一時の憤懣《ふんまん》にかられたとはいえ、主君勝頼公を裏切って、徳川殿に味方し、自ら先頭にたって勝頼公を滅ぼした。これなども、君、君たらずとも、臣、臣たるべしという訓《おし》えを忘れたからじゃな」

「なるほど、そう聞いてみると穴山とやら、梅雪とやらいう男は悪い人でございますが、それにはそれで、やっぱり理由があるのでございましょう」

「ふむ、それは理由のない事ではない。と、いうのは梅雪殿の息女はかねて主君勝頼公の奥方になられる筈であった。ところが、それを嫉視した長坂釣閑《ながさかちょうかん》、跡部勝資《あとべかつすけ》などという老臣が、主君に対してこの約束を反古《ほご》にさせた。梅雪殿としては子を想う親心、憤懣やる方なきは同情に値するが、さればといって、主君を裏切り、敵の大将に通ずるというは、人倫に外れたやり方と申さねばなるまい」

「なるほど、そんなものでございますかねえ」

山伏の声音のなかに、一種悲痛なひびきがこもっているのをかんずると、、兵衛の疑いはいよいよ濃くなった。もう疑いはない。この男はたしかに武田の遺臣にちがいない。そして、この度の本能寺の変を幸いと、途に主君を待ち伏せ討とうとしているのだ。……

泥舟木舟

この疑いは桑名の宿でいっそう確実になった。今度の騒ぎで桑名から宮への渡しはとまってしまった。頓兵衛と山伏はやむなくそこで一泊することになったが、その夜更け、頓兵衛はふと、山伏が宿を抜出すのを見てあとをつけた。

山伏は渡し場まで来ると、そこにつないである舟を、あれかこれかと物色していたが、とその時、つと闇の中から走り寄った影がある。

頓兵衛はその姿をみると、思わずぎょっと息をのんだ。あの針売りの娘なのだ。娘と山伏とはしばらくひそひそと立話をしていたが、

「ふむ。舳《へさき》に赤い紐を結びつけてある方がそうだな」

「はい、それでございますから、兄上様、必ずとも気をつけて……」

それきりあとは聞えなくなったが、さて、その翌朝の事である。

「どうだな、丶兵衛殿、こうべんへんと渡しの通じるのを待っていてもきりがない。どうせ七里の渡しだ。ひとつ舟を工面して、めいめいの腕で渡っては……」

来たなと頓兵衛は思ったが、わざと素知らぬ顔で、

「なるほど、それは思いつきでございます。幸い今日はよく凪《な》いでおりますし、危い事もございますまいが、しかしお誂え向きの舟がございますかな」

「いや、それならば心配はいらぬ。俺がけさ程物色しておいた。約束もととのっている。それじゃ出かけるかな」

「さようでございますか。それじゃお供をしましょう」

渡し場へ出ると、お誂え向きに二艘の舟がつないである。

「丶兵衛殿、そなたはその舟に乗られい。俺はこっちの舟にする」

「へえ、これでございますか。おや、旦那、この舳には赤い紐が結んでありますが、こりゃ何んのまじないでございましょう」

「はははは、そりゃおおかた、船頭の女房どもが忘れていったのであろう。では乗るぞ」

山伏はひらりと自分の舟に乗った。頓兵衛もつづいて赤い紐を結んだ舟へ。——こうして二艘の舟はしだいに沖へ出ていったが、

「これこれ、丶兵衛」

「へえ、何か御用で？」

「いや、なに、別に用事ではないが、そちらの舟に何か異常はないか」

「へえ、別に……」

「はてな」

「ああ、もし、こっちの舟に異常はございませぬが、そっちの舟は少し妙でございますぜ。ほらほら、舟底からドンドン水が噴き出しておりまする」

「あっ！」山伏が思わず漕ぐ手をやめた時だった。矢柄頓兵衛、矢庭《やにわ》にはっしと櫂《かい》を振りあげると、

「態《ざま》ァ見やがれ。そう度々狸あつかいにされてたまるものか。狸の乗った泥舟はそっちの舟よ、昨夜のうちに赤い紐を結びかえておいたのを知らねえか。これでも喰《くら》え」

振りおろす櫂の下に、山伏の舟はぶくぶく半ば沈みかけたが、その時だった。山伏が櫂の下から悲痛な声をふりしぼり、

「待って、お待ち下され矢柄頓兵衛殿」

「なに？」

名前を呼ばれて、思わずとめた櫂の下で、山伏は急がしく呼吸《いき》をついた。

「拙者が貴殿をつけたのは、決して——決して御貴殿主君、徳川殿に意趣あってのことではござらぬ」

「何をいやがる。この場に及んで卑怯なことを。——」

「いや、お待ち下され。偽りではござらぬ。神かけて真実でござる。戦場で討ち討たる

るは武士の慣《なら》い、なんでそれを怨み申そう。ただ怨めしいは穴山殿。憎いのは梅雪殿」

頓兵衛はハッとした。櫂を握りしめた手から思わず力が抜けた。山伏は沈みかけた舟にしがみつきながら、

「聞けば梅雪殿は、主君勝頼公を滅ぼした功により、織田殿より巨摩一郡を賜ったとやら。それが憎い、残念だ。矢柄殿、おきかせ下され。梅雪殿も家康公と、この途をとるのでござろうな。もしこの途を通るならば、一太刀なりとも、主君の怨みを晴らしたい。不忠の臣に天命思い知らせてやりとうござる」

山伏の悲壮な声をきいた刹那、頓兵衛も何やら胸にこみあげる熱いものをかんじて、

「山伏殿、この櫂にお縋りなされい」

ずいと櫂を山伏の方へ差出していた。……

「俺《わし》の話というのはこれだけじゃ。その山伏というのはな、猪子傳兵衛《いのこでんべえ》といって武田の遺臣、あの針売りの娘は傳兵衛の妹で千賀という名前だったそうな。武田家滅亡の後、ふたりは不忠の臣、穴山梅雪を討とうと肝胆《かんたん》を砕いていたのじゃが、生憎なことに、その時梅雪は権現様と一緒ではなかった。これは後にわかった事じゃが、穴山梅雪は本能

寺の変に驚いて、甲府に退《ひ》こうとする途中、山城国で土民に殺された。これまったく天命じゃな。猪子兄妹はその後一度、岡崎へ俺を訪ねて来たことがある。その節、俺は口を酸っぱくして、わが君に仕えるようにすすめたが、兄妹とも頑としてきかなかった。徳川殿にふくむところはないが、さりとて二君に仕えては、重恩うけた勝頼公に相すまぬ、このうえは山へ入って蕨《わらび》でも食ってくらすつもりじゃと、淋しく笑うて立ち去ったが、それきり俺もふたりの噂を耳にせぬ。いや、昔の武士には、そういう物堅いところがあったものじゃよ」

頓兵衛老人、ここにおいて往時を追憶するような眼付きをしたのである。

捕物武士道

凶事頻々

岡崎城下では、ちかごろ妙なことが多かった。ある夜、真夜中ごろに、侍屋敷の飼馬《かいば》という飼馬がいっせいに嘶《いな》きはじめたかと思うと、厩《うまや》のなかで俄《にわ》かに暴れだしたのである。

矢柄頓兵衛の家でも、さきごろ苦心して手に入れた、自慢の愛馬三日月が、妙な嘶きをはじめたから、妻のお多衣がまず眼をさました。

「あなた、あなた、お起きなさいまし」

良人《おっと》の胸に手をかけると、

「起きているよ。さっきから眼をさましているのだ。お多衣、あれは三日月だな」

「そうらしうございます。どうしたのでございましょう。いままでついぞ夜中に、嘶くなどという事はございませんでしたのに」

「叱《し》っお多衣、黙っていな」

頓兵衛は、むっくと寝床のうえに起きなおった。耳をすませると、妙な嘶きをしているのは三日月ばかりではなかった。あちらでも、こちらでも、妙な馬の嘶きが聞える。遠く近く北でも南でも、向うでもこちらでも物狂おしい馬の嘶き、夜のしじまをついて、それはさながら海嘯《つなみ》の如くとどろいた。

頓兵衛は、ぎょっとしたように瞳をすぼめ、

「お多衣、妙だな」

「はい」

「一犬吠えて万犬これを伝うということは聞いたことがあるが、馬がこのように、一時に狂い出すということは、物の本でも読んだことがない。お多衣、手燭《てしょく》を貸せ」

「はい」

お多衣が、カチカチと燧石《ひうちいし》をうっている時である。戞々《かつかつ》たる蹄《ひづめ》の響きが、疾風のごとく表を通りすぎたかと思うと、一声、二声、物狂おしい馬の嘶き。——と、それに応ずるかのように、あちらでもこちらでも、どっと馬が嘶いたが、頓兵衛の家でも、三日月の様子が俄かに変った。

気が狂ったように羽目板《はめ》を蹴る者、ブルブルと鼻を鳴らす音。嘶く声も尋常ではない。

「素破《すわ》！」

と、ばかりに頓兵衛は、帯締めなおし手燭を持って裏の厩へ出てみると、いかさま三日月の様子が尋常でない。

ピンと両耳を立て、口から雪のような泡を吹き、物狂おしく歯を噛みながら、しきりに羽目板を蹴っている。

「三日月よ、どうした。どうした」

頓兵衛が手燭を出すと、馬はいよいよ狂い立って、首をやけに振りながら、ぎりぎり手綱をかんでいる。

「これよ、どうしたものだ。何がそのように癇《かん》に触ったのだ。静かにせぬか。これ！」

頓兵衛が、柵を外して滑りこんだとたんである。頭を宙に高くそらして、一声天にうそぶいたかと思うと、あっという間もない。疾風のごとく三日月は、厩の外へとび出したのである。手綱を噛みきったのだ。

「ああ、これ、三日月！」

「あなた、あなた、どう致しました」

「お多衣、大変だ。三日月のやつが逃げおった。これ」

と、手燭をお多衣に渡した頓兵衛、泡を食って表へとび出したが、そこであっと驚いたのである。

薄月夜の城下町を、狂える馬が右往左往走りまわっている。いづれも厩から脱出して来たらしい鞍もおかぬ裸馬が耳を立て泡を噴き、狂気のように走りまわっているのだ。しかも、裸馬の数は刻一刻と殖えて来る。中には手綱をひきずって、歯を噛み鳴らしているのもある。

「あれ、まあ、あなた！」

お多衣もそれを見ると、茫然として立ちすくんだ。

「お多衣、これは容易ならぬ出来ことだ。ともかも三日月を取りおさえて参るから、そなたは怪我をせぬように、家の中へ入っていなさい」

「あなた、大丈夫でございますか」

「なに、これしきのこと」

矢柄頓兵衛、寝間着の尻を端折《はしょ》ってとび出していったがその時分には、あちらの侍屋敷からも、こちらのお屋敷からも馬の主人がとび出して、人と馬とで岡崎城下は、ときならぬ大混雑に陥った。

この馬騒動は、徹宵《てっしょう》つづいた。もっとも一刻あまりもたつと、馬の方でも疲れたのか、しだいにおとなしくなって来たが、何しろ夥《おびただ》しい馬が、勝手気儘《きまま》に暴れまわったあとだから、持馬を探す主人と、その主人を探す小者とで、夜明頃まで城下町はごったがえした。

頓兵衛も夜明頃になって、おとなしくなった三日月をやっと探し出して、厩へつれてかえったが、さて、その後が詮議ものだ。

夜中のこととて、被害は案外少なかった。自ら脚を折った馬が二、三頭と、怪我をした小者が四、五名、ほかに塀を毀《こわ》された家が多少あったくらいのもので、多くの馬はおこりが落ちたようにケロリとしている。

しかし、被害が少なかったからといって捨ててはおけぬ。すぐさま領主家康の命によって、厳重調査がすすめられたが、そのうちにこんなことがわかった。

その前日、主君家康から家中の馬に対して飼葉《かいば》を賜ったのである。これは大豆を煮たもので、時々主君から出ることがある。これを戴いた家臣のものは、めいめい持馬にあてがったが、夜になって暴れ出したのは、みんなこの飼葉を食べた馬ばかりだということがわかった。

してみると何者かがこの飼葉の中に一種の昂奮剤を仕込んだのであろうということまではわかったが、さてそのあとの詮議がむずかしい。頂戴飼葉を食った馬という馬の、ほとんど全部が狂い出しているのだから、これは飼葉をわけるまえに仕込んだとしか思えぬ。

そうすると曲者《くせもの》は城内の者か、あるいは自由に城内へ出入り出来る者ということになるが、何しろ時局が時局である。めったなものが城内へ入ることは許されぬ。

「何にしても、これは由々しき一大事」

と、老臣たちは額をあつめて相談していたが、おりもおり、ある夜またしても、大変なことが起ったのである。

城内の玉薬――つまり火薬を入れた蔵が、ある夜轟然たる音響とともに火を噴いたのである。爆発したのだ。

鉄砲問答

「おや、これはこれは矢柄様、よくお見えでございました」

可愛い赤襷《あかたすき》を外して会釈する娘に向って、

「おお、これはお冬殿、相変らず綺麗だな。これではさぞ親父殿の気が揉めることであろう。そして彌七はどうした。あれあれ彌七と申すと顔色が変ったぞ」

「あれ、御冗談を。ほんに矢柄様はお口が悪い。あんまりおからかいあそばすと、奥様に告げますよ」

「ははははは、告げてもよい。女房がおこればそれまでのこと。ちかごろ少々鼻について来たから、ひとつ取替えてもよいと思っているところだ」

「ほほほほほ、あんなことをおっしゃって……のくせに」

「何、なに。なんのくせに」

「あれ、ほほほほ」

「これは怪《け》しからん。いったい何んのくせにと申すのだ」

「それでは申上げましょうか。クビッタケのくせに……ほほほほ」

「何？　首ったけのくせに。こいつがこいつが。よくも申したな」

「あれ、御免あそばせ」

逃げるはずみにお冬は手桶に躓《つまづ》いて、がらがらべしゃんと物凄い音を立てたが、その
とたん、奥の方から、

「お冬、騒々しい、静かにせぬか」

と、皺嗄《しわが》れた声。お冬はそれを聞くと、いっぺんに笑顔を凍らせ、

「はい、お父様……」

と、襷をもった手をもじもじさせている。

「お客人のようだが、何誰《どなた》じゃな」

「はい、あの、矢柄様でございます」

「四郎太夫、拙者だ。その後お加減はいかがかとお見舞いにあがった」

「おお矢柄様でございましたか。いつもながらの御親切忝《かたじけの》うございます」

と、暖簾《のれん》をわけて現れたのは、当時岡崎正宗とまで評判を取った刀鍛冶、塙四郎太夫《ばんしろうだゆう》
兼安《かねやす》である。老体ながら腰も曲らず、筋骨も筋金入りの逞ましさだが、病いには勝てぬ
と見えて、ちかごろ俄《にわ》かに憔悴《しょうすい》のいろが濃くなった。

「四郎太夫殿、お加減はどうじゃ」

「いや、もういけませぬ。とんと意気地がござらぬ。もう駄目じゃな」

「これこれ、四郎太夫殿、そなたにも似合わぬことを申すではないか。もう駄目だなどと申すことはない。病いは気からということもある。少しは浮々としたらどうじゃ」

「浮々出来るくらいなら……」

と、四郎太夫は淋しげにいって痩せこけた頰を撫でた。ちかごろ俄かに頰が尖って、それだけ眼の色も鋭くなった。どこか憤おろしげな眼の色だった。

頓兵衛は慰めるように、

「それがいかん。それでは自分で病いを作っているようなものだ。どうだ、たまには刀を打ってみては？」

「刀――？」

と四郎太夫は鋭くいったが、すぐ嘲るような微笑を唇のはしにうかべて、

「刀を打って何にしよう。誰も欲しがりもせぬものを」

「馬鹿な、何をいわるる。現にここにこのように、お手前の刀を懇望している者がある。どうだ四郎太夫殿、そう拗《す》ねずにひとつ打ってくれぬか」

「止められい。止められたがよい。刀などはもう物の役に立たぬ。鉄砲じゃ、なあ、矢柄様、世の中はもう鉄砲の時代にうつっている。刀などは無用の長物じゃ」

ひといきに言ってのけて四郎太夫兼安は、俄かにゴホンゴホンと咳き出した。

「これこれ、四郎太夫殿、そう癇《かん》を昂《たか》ぶらせては困る。なるほどこれからの戦には、鉄砲はなくて叶わぬ武器じゃ。さればと申して、刀が無用の長物などと申すことはない。武士の魂はやっぱり刀じゃ。のう四郎太夫、ひとつ拙者の差料《さしりょう》を打ってくれぬか」

「いうてくれるな。もう何もいうて下さるな。この四郎太夫はよく知っている。家康公にもこれからの戦には鉄砲が第一じゃと仰せられたげな。してみればこの老耄《おいぼれ》などはもう用のない体じゃ。矢柄様、帰って下され。こんなところに長居は無用じゃ、帰って下され」

相手をしていると、ますます癇が昂ぶるばかりだ。頓兵衛は、哀れむように老人の姿を見詰めていた。

四郎太夫兼安がちかごろ世を拗ね、世を憤り、ふっつり刀を打たなくなったには理由がある。

天正三年長篠の合戦以来、俄かに鉄砲の価値が見直された。長篠の合戦というのは、織田徳川の連合軍が、武田勝頼の甲斐勢を、完膚なきまでに打ち破った合戦だが、この戦いが史上に名高いのは、織田の軍勢によって、はじめて鉄砲が効果的に用いられたからである。

この合戦が日本戦術のうえに、一転換を齎《もたら》した。武将はきそって、鉄砲を求めた。鉄砲を求めると同時に、鉄砲鍛冶を求めた、当時鉄砲は多く外国から入って来たが、それらはたいてい堺を通じて流れこむのである。

家康が本能寺の変の際、堺に遊んでいたというのも、決して物見遊山ばかりではない。鉄砲購入というかくれた目的を持っていたのだ。こうして鉄砲と鉄砲鍛冶が重用される反動として、刀鍛冶がしだいに疎《うと》んじられて来たのも、やむを得ぬ趨勢《すうせい》であったかも知れぬ。

現に四郎太夫の一人息子、兼四郎という若者さえ、刀鍛冶の前途に愛想をつかして鉄砲鍛冶に鞍変えだと、数年まえに姿をくらましたきり、いまもって行方が知れない。四郎太夫はそれ以来、ふっつり刀を打たなくなったのである。

「四郎太夫殿、そうお手前のようにいうたものではない。それは殿が仰せられたのは事実かも知れぬが、それも言葉の端と末を聞かねばわからぬ話じゃ。何も刀を無用だなどと仰せられたわけではあるまい」

「いや、もう問答無用じゃ。頓兵衛殿、そなたの志は有難いが、この話はもう止めて下され。それよりも……」

と、四郎太夫は俄かにギロリと眼を光らせると、

「そなたはちかごろの御城下の凶事を何んと思わるる」

「ええ」

「この間は、城下の馬という馬が暴れたげな。そしてまた先夜は玉薬の爆発……はははははは、矢柄様、頓兵衛殿、そなたはこれを何んと思わる」

俄かに熱をおびて来た四郎太夫の、気味悪い眼差しを、頓兵衛はじっと見返しながら、

「四郎太夫殿、そなたは何かそれについて御存じか」

と、思わず膝を乗り出した。

「ふふふふふ。知らぬ、知っているわけがない。しかし、のう、矢柄殿。この下手人は

城中にあるのじゃ。お城の中にかくれているのじゃ」

「四郎太夫殿。ちと言葉をたしなまっしゃい。それではわれわれ家中の者のうちに、裏切り者があると申さるるのか」

「いや、そうではない。家中の方を何故疑おう。だがな、矢柄様、岡崎のお城の中には、いま御家中の方のほかに、素性の知れぬ痴者《しれもの》がひそんでいる筈」

「何？　素性の知れぬ痴者？」

「お手前は御存じないか。はははは、するとよほど内密に運んだと見ゆる。矢柄様、そいつはな、家康公がわざわざ堺からつれて参った男じゃ。駕《かご》に乗せてな、道中誰にも顔を見られぬようにしてな。はははは、矢柄様、ひとつそいつを詮議したらよろしかろう」

四郎太夫は狂ったような笑い声をあげた。

墓地の怪

「なに、四郎太夫がそのような事を申したか」

膝をすすめたのは本多平八郎忠勝だ。頓兵衛の報告に、ひどく驚いたらしい面持ちだった。

「きゃつめ、いったいどこから聞き知りおったろう」

「すると、平八郎殿、四郎太夫の申したのは、真実の事でござりますか。城中に不思議な人物がかくまわれていると申すのは」

「いや、それは言えぬ」

と、平八郎は鋭い眼でギロリと頓兵衛の顔を見ると、釘をさすように、

「丶兵衛、その方も必ずこの事他言致すではないぞ、だが」

と、平八郎は思案ありげに、

「四郎太夫がそのような事を知っているとあれば捨ててはおけぬ。丶兵衛、その方当分、四郎太夫を見張っていてはくれまいか」

「へえ、それは平八郎殿の仰せとあらば、私にいなやはございませぬが……四郎太夫が……？」

「ふむ。何にしても聞捨てならぬきゃつの一言、世を拗ねた揚句が、君へ対して遺恨を抱きおろうも知れぬ。丶兵衛その方に抜かりはあるまいが、厳重に調べてみてくれ」

「はっ、承知いたしました」

頓兵衛にはまだ事情がよくのみこめなかった。しかし、平八郎があれほど真剣な顔をするからには、よくよく重大なことにちがいない。いったい、城中にかくまわれている人物とは何者だろう。

だが、元来物事をまわりくどく考えることの不得手な頓兵衛、ええい、面倒臭いとばかり、それ以上考えることはあきらめて、さて、その晩やって来たのは四郎太夫方の裏側。四郎太夫の住居は城下外れにあって、その裏はすぐ善修寺という寺と背中あわせになっている。善修寺の墓地へ入れば塀越しに四郎太夫の住居は一目で見渡せる。頓兵衛はその墓地のくらがりにまぎれこんだ。

そもそも、この善修寺というのは岡崎でも由緒ふかい寺で、和尚の澤悦《たくえつ》というのは城下町の信望を一身に集めている。出家に似合わぬ豪快な人物で、ちかごろ城下整備のためにところがえを申渡されたが、頑として承服せず、さすがの家康も持てあましているような人物である。

頓兵衛はこの善修寺の墓地に一刻二刻、蚊に食われながら佇《たたず》んで、塀越しに見える四郎太夫の住居を窺《うかが》っていたが、別に変ったことも起らない。ほの暗い厨《くりや》の障子に、お冬らしい女の影がうつって、洗い物をする音が聞えていたが、やがてフーッとその灯も消えると、あとは森沈たる闇だった。

頓兵衛はしだいに退屈して来た。打物とって戦場を疾駆することは平気だが、こんなところで当てもない事を待ちうけているのは、性急な頓兵衛にとっては大の苦手だ。それでも頓兵衛、本多平八郎のいいつけだと思うから、じっと我慢をしていると、その時どこかで、カタリという物音がした。はっと頓兵衛、身を固くしたが、物音はどうやらすぐ間近らしい。今度は闇の中にかすかな足音が聞えるのである。

「はてな、いま時分墓地を歩いているとは、いったい何物であろう」

大きな石碑の陰にかくれて、じっと瞳をこらしているとやがてすぐ眼と鼻のさきに、ポッカリと人影が現れた。

さすがの頓兵衛もいっときぎょっと息をのんだが、折からの月明りに透かしてみて、すぐなあんだと胸を撫でおろした。相手はこの寺の和尚澤悦だった。

澤悦は数珠をつまぐりながら、念仏唱えて、石碑のあいだを歩きまわっていたが、

「おお、だいぶ寒うなった。夜露がおりたようだ。どれ、そろそろ臥戸《ふしど》へ入ろう」

くるりと踵《きびす》をかえして庫裡《くり》のほうへ消えていった。頓兵衛もその後姿を見送ると、よっぽど臥戸へかえりたくなったが、ここが辛抱のしどころと、ボリボリ脛《すね》を掻きながら待っていると、またもやふいにどこかで妙な物音がした。

頓兵衛は首をかしげた。いまの音はいったいどこから聞えて来たろう。寺の中であるようでもあり、外のようでもあり……と、その時、またもやギーッという物音。今度はまえよりよっぽど間近に聞えた。しかもそれはたしかに墓地の中からと思われるのだが、見渡したところどこにも人影らしいものはない。

「はてな……」

頓兵衛は妙な顔してきょろきょろあたりを見廻わしていたが、三度怪しい物音。と、同時に頓兵衛は、思わずあっと叫びかけた唇を、あわてて両手で蓋をした。

何んと、すぐ眼のまえにある五輪の塔が、その時そろそろ動き出したではないか。やがて塔が一尺ばかり横にずれると、地の底から黒装束に覆面の男がひとり這い出した。男が蛇のように身をくねらせて、墓地の穴から這い出して来ると、五輪の塔はふたたびもとに戻って、月明りにじっと濡れている。

地底から這い出した男は、犬のようにブルッとひとつ身顫《みぶる》いすると、あたりを見廻しすたすた闇のなかを歩き出したが、その後姿を見たとたん、頓兵衛は天地がひっくりかえるような大きな驚きにうたれたのだ。

黒装束に身を包んでいるが、その後姿はまぎれもなく、刀工四郎太夫兼安だった。

尾行三つ卍

「うぬ！　怪しき振舞い」

気の早い頓兵衛は、すぐにも飛び出しひっとらえようかと思ったが、いや、待てしばしだ。ここで早まっては突止め得ることも、突止め得ずに終るかも知れぬ。そうだ。どこまでいくか、何をするか、最後まで突止めてからひっとらえても遅くはない。

意を決した頓兵衛が、あとを尾けているとはむろん知る由もない四郎太夫、月明りをよけて軒伝いに、足音もなく歩いていく。頓兵衛も犬のようにそのあとを尾けていったが、とある街角まで来たときだ。

頓兵衛はふいにギクリとした。横町から現れたひとつの影が、四郎太夫をやりすごしておいて、これまた忍びやかに後を尾けていくのである。

頓兵衛は急に面白くなって来た。尾行に尾行がつくなどということは、いままで聞いたこともない。それにしてもあいつはいったい何者だろう。自分にとっては邪魔な奴だが、しかしこの際、そばへ寄って正体をたしかめるわけにもいかぬ。

こうして尾行の三重奏は、一本の糸でつながれたように、町から町へと辿っていったが、やがて、頓兵衛はしだいに不安をかんじて来た。

四郎太夫の目指しているのは、たしかに岡崎城だった。

「さてはきゃつ、やっぱりあの騒動の張本人だったのか」

頓兵衛は手に汗を握った。怒りのために身がふるえた。よっぽど走り寄ってひっとらえてやろうかと思ったが、それではいままで辛抱して来た甲斐がない。やすからぬ胸をさすって、あくまでしつこく後をつけていると、果して四郎太夫は城外の濠端へ出た。

岡崎城は唄にもうたわれたとおり、その一方を菅生《すがう》の流れによって守りを固くしている。が、他の三方は空堀である。四郎太夫は物陰に身をしのばせて、じっと空堀を眺めていたが、やがて忽然として姿が消えた。

「あっ！」

叫んだのは、四郎太夫をつけて来たもう一人の怪しい男だ。物陰からとび出すと、いま四郎太夫が消えたあたりまで、土を蹴って駈け寄ったが、その背後から頓兵衛が、矢庭《やにわ》にむんずと組みついた。

「おのれ、怪しい奴！」

怪しい影は頓兵衛をつきのけて、跳ね起きようとしたがどっこい、頓兵衛はいったんからみついたら、なかなか離れることではない。それに相手は案外非力であった。無言のまましばらく抵抗していたが、やがて、ぐったりと土のうえに打ち伏した。

「怪しい奴だ。面を見せろ」

顎に手をかけぐいと月明りに顔をあげさせたとたん、頓兵衛は思わずあっと叫んだ。

「おお、その方は彌七だな」

名をさされると、男はいきなり土のうえに泣き伏した。怪しい男は四郎太夫の弟子の彌七という若者だった。

「貴様どうして師匠のあとをつけて参った。いやさ、師匠はなんのために夜中ひそかに家をぬけ出し、こんなところへやって来たのだ」

責め問うたが、彌七はきっと歯を喰いしばったまま口を開こうとしない。蒼白の頬には涙が流れて、月の光にキラキラ光っている。

「おのれ、白状せぬか。剛情張ると痛い目に遭わすぞ」

髷《まげ》をひっつかんで額を上にこすりつけたが、彌七はただ、

「殺して下さいまし。いっそひと思いに殺して下さい」

と、土をかんで泣きむせぶばかりである。

「こいつ、飽迄《あくまで》白を切るつもりか。よいよい、貴様にきかずともわかっている。のう、彌七、この間からの城下の騒動、あれはみんな貴様の師匠の仕業であろう。刀鍛冶が世にいれられぬと誤まり考え、あのような大それた事をしでかしたのであろう。どうだ、彌七」

彌七はしかし、依然として歯を喰いしばったままだった。

「おのれ、申さぬか。申さぬとあらば……」

頓兵衛が刀の柄に手をかけたときである。

突如、城内が騒がしくなった。

「曲者！　曲者でござるぞ」

そんな声が入乱れて、遠く空塀の向うから聞えて来た。

曲者ふたり

岡崎の城中では、ちかごろ打ちつづく凶事に、宿直《とのい》の者の数も殖やし、徹宵警戒を怠らなかった。

そういうところへ忍びこんだのだから、四郎太夫の運命はわかりきっている。かれは首尾よく空塀を渡り、塀を乗り越え、城内へしのび込んだが、たちまち警備の侍に見とがめられた。

「何者だ！」

声をかけられて四郎太夫は、ひらりと身をひるがえしたが、

「おのれ、怪しき風態、待て」

だが、四郎太夫は待たなかった。踵をかえすと矢庭に奥にむかって駆け出した。

「曲者！　曲者でござるぞ。方々、お出会いなされ」

声に応じてあちらこちらから、バラバラと警備の武士がとび出して来る。

「曲者はどちらだ」

「向うでござる。いま、二の丸のほうへ逃げましたぞ」

「素破！」

と、ばかりに侍たちは、蚤《のみ》取り眼で探し廻る。そういう追跡の手をのがれて、四郎太夫はしだいに奥へのがれていった。いまはもう、どこがどこだかわからない。広い城内の陰から陰へと、身をもって逃げまわっていたが、やがてやっと来たのは白壁の土蔵のそばだった。

あとからわかった事だが、それは糒倉《ほしいいぐら》だった。四郎太夫はこの糒倉の白壁づたいに、曲り角までやって来たが、その時、だしぬけにとび出した男と、見事に鉢合せをして、危くうしろへひっくり返りそうになった。

「あっ！」

辛うじて踏みとどまった四郎太夫、身をひるがえして逃げようとしたが、そのとたん、相手の異様なすがたが眼についた。向うもやっぱり黒装束に覆面をしているのだ。

「おのれ、曲者！」

それを見ると四郎太夫は、やにわに相手にとびついた。これには向うも泡を食ったらしい。

「離せ、離せ、離さぬか」

腰を振ったが四郎太夫は、だにのようにくっついたまま離れない。老人ながら鍛えに鍛えた体は筋金入りだ。相手の腰に武者振りついたまま、自分の立場も忘れて、

「曲者！　曲者でござるぞ！」

叫び出したのである。

これを聞くと、相手はもうこれまでと思ったのか、ぎらりと短刀をひきぬくと、ずっぷり土手っ腹をえぐったから耐らない。四郎太夫はわっと叫んで背後へのけぞった。

――と、この時、糒倉の窓の隙から濛々《もうもう》たる煙が吹き出して、その煙の中を曲者は、あとをも見ずに逃げ去った。あとには四郎太夫の苦しげな唸り声ばかり。

その唸り声のあいまあいまに、

「曲者でござる。皆様、曲者が糒倉に火をつけましたぞ」

四郎太夫の傷手をこらえた声が聞えた。

親子鍛冶

幸い、火事は大事にいたらずして消しとめる事が出来た。

曲者は倉の中に三ヶ所ばかり放火の用意をしていたが、その一ヶ所に火をつけただけで、四郎太夫の騒ぎに驚き、逃げうせたのである。

それにしても奇妙なのは四郎太夫の行動だ。宿直の武士の考えでは、四郎太夫こそちかごろ頻々として起る凶事の張本人であろうと思ったのに、反対にかれのお蔭で、大事を未然に防ぐことが出来たのである。

こうなると何が何だかわからない。

翌日、四郎太夫はただちに城中のお白州のまえにひき出された。曲者に抉《えぐ》られた傷はかなり深かったが、幸いに急所を外れていたので、命には別条なかったのである。

お白州の正面には岡崎の三奉行といわれた高力、本多、天野の三人がひかえ、その奥には家康公も臨御《りんぎょ》している。

当時岡崎城下ではつぎのような唄がはやっていた。

「仏高力《ほとけこうりき》、鬼作左《おにさくさ》、とちへんなしの天野三郎」

と、この三人の、めいめい違った性質が、よく協力して民心を治めることが出来たのである。

「これよ、四郎太夫、こうなっては包みかくしをしてはならぬぞ。何んの企みがあって、城中へ忍びこんだのだ」

やんわりと諭すようにいうのは仏といわれた高力清長。それに対して四郎太夫は老の眼に涙をうかべたきりとかくの返答もなかった。鬼作左の本多重次はたちまち眼をいからせて、

「こりゃ、やい、四郎太夫、この期《ご》に及んで白を切ってももう駄目じゃ。このあいだからの凶事のかずかず、みなその方の仕業であろう」

はったと睨まれて、四郎太夫、唇をふるわせながら、

「滅相もない。なんで私がそのような大それた事を致しましょう」

「しからば、何用あって昨夜城中へ参った。これ、四郎太夫、理由が立たば、また上のお慈悲のかからぬものでもない。包まず申せ」

とちへんなしの天野三郎が言葉を添えると、四郎太夫もいまは包むによしなしと、

「恐入りました。それでは申上げまする。昨夜城中へ忍び入りましたのは、こちらにかくまわれていると申す鉄砲鍛冶に一太刀怨みたかったからでございまする」

「なに？」

案外な言葉に三奉行は思わず顔を見合せた。

「その方、鉄砲鍛冶に何んの怨みがある」

「これはお言葉とは思えませぬ。ちかごろ鉄砲流行のために、刀鍛冶がいかように難渋いたしおるか御存じではございませぬか。いや、この身の難渋は忍ぶとするも、神州はもと刀をもって武士の魂と致しましたるものそれを蛮夷《ばんい》伝来の鉄砲に見返られ、刀などは無用の長物と申されては、流祖に対しても申訳ござりませぬ。しかるになんぞや、君には近頃、堺よりひそかに鉄砲鍛冶をつれかえられ、城中におかくまいあるとの事、私は口惜しうございました。されば天下の刀鍛冶になりかわり、一太刀怨みたいと……」

四郎太夫は声をのんで泣き出した。この意外な告白に、三奉行は思わず顔を見合せたが、その時、家康が合図して仏高力を呼び寄せ、何かその耳に囁いたが、すると高力清長はすぐに四郎太夫に向き直り、

「四郎太夫、その方城中に鉄砲鍛冶をおかくまいある事、どうして知った。何者より聞き及んだぞ」

「はい。善修寺の和尚、澤悦殿より聞き及んだのでございます」

「何？　澤悦？」

所替えの一件以来、澤悦がちかごろ城内に対して、快く思っていない事は誰にもわかっていた。しかも万人秘密の鉄砲鍛冶が城中にいる事を知っているからには……一同の胸には期せずして、はっとある疑いが起ったが、その時だった。転げるようにお白州へ入って来たのは矢柄頓兵衛だ。

「申上げます」

「ひかえろ――、《ちょん》――いやあ、頓兵衛、御前であるぞ」

鬼作左がきめつけるのを、頓兵衛は物ともせず、

「いいや、御前故、申上げるのでございます。近頃の凶事のもとは善修寺の澤悦和尚、昨夜、城中より忍び出たところを押えましたが、舌をかみ切って死んでござります」

頓兵衛の言葉に、一同しいんと静まりかえった。

と。その時、静かに口を開いたのは家康公。
「これよ、四郎太夫」
「はっ！」
「刀を無用の長物などと誰が申したぞ。鉄砲いかに精鋭なりとも、これ単に敵を制する
に便利な武器というにとどまるぞ。神州の刀こそは武士を鍛え、武士を武士とする魂
じゃ。その魂を鍛える刀工を、誰が粗末に致そう」
「君、それはまことでございますか」
「物にはそれぞれ一長一短がある。刀も大事なら鉄砲も大事、されば刀工も鉄砲鍛冶
も、余にとっては軽重なき大事な秘蔵じゃ。四郎太夫、からだを粗末に致すなよ」
「君……」
「時に、四郎太夫、その方城中にいる鉄砲鍛冶を存じているか。いや、知るまい。知ら
ぬが道理じゃ。誰かある、余が秘蔵の鉄砲鍛冶をこれへ連れて参れ」
「はっ！」
と、答えて近習の者が、連れて来た鉄砲鍛冶の顔を見たとたん、四郎太夫はあっとば
かりに驚いた。

「おお、そちは伜、兼四郎！」

「父上、お懐しうございます」

「どうじゃ……四郎太夫、これでもその方鉄砲鍛冶に怨みがあるか。はははは、のう、四郎太夫、そちの伜がそちの秘伝をつごうとしなかったのは残念であろう、だが、その代り兼四郎は鉄砲の奥義をきわめた。そちの秘伝はほかに承ぐ者もあろう。親は刀を、伜は鉄砲を、のう、余のために作ってくれまいか」

「はっ！」

四郎太夫はいつか深傷《ふかで》の痛みも忘れていた。白州の砂に伏せた頬には、涙がいっぱい伝わっていた。

秘薬武士道

籠城丸《ろうじょうがん》

「ははあ、すると何んでございますか。その丸薬はいまのところ、天下にたった三粒しかないのでございますか」

矢柄頓兵衛は、顔の寸を伸ばして質《たず》ねた。

「いかにも」

と、本多平八郎は眼をいからせて、

「たった三粒の小《ち》っぽけな丸薬ではあるが、それこそまさしく、神仙の練丹にも比すべき稀代の霊薬だ。その霊薬の秘法を知ることができれば、われわれ戦国のもののふにとって、どれだけ大きな力となるか――それは改めて申すまでもあるまい」

「なるほど、それはそうでございますね。そんな重宝な薬があるとすれば、戦のかけひきにもずいぶん便利なわけでございますね」

「その方の申すとおりじゃ」

「そして、その霊薬はいま、小田原の北條左京太夫殿の手の中にあるとおっしゃるのでございますね」

「いかにも」

と、本多平八郎は膝をすすめて、

「そもそも、その霊薬と申すは、甲斐の武田信玄公が発明されたものじゃが、信玄公はこの丸薬の秘法が外に洩れることを懼《おそ》れて、お側医師の花見鳳庵《はなみほうあん》と申すもののほかには、誰にもその製法を明かされなかったと申す。しかるに、この花見鳳庵と申すものは、かの天目山の戦いで、勝頼公御生害の際、ひそかに甲斐を落ちのびて、小田原の北條左京太夫を頼って参ったのじゃ。その際、手土産がわりに持参したのが、いま申す天地人の霊薬三粒、甲斐方にはそのほかにも沢山丸薬を蓄わえてあったが、いよいよ討死ときまった時、勝頼公の命令で、すっかり焼きはらってしまったから、いまは鳳庵の持ち出した、その三粒よりほかには、天下には絶対にないのじゃ」

「なるほど、わかりましてございます。籠城丸――信玄公の籠城丸の噂はかねてよりきいておりましたが、そういうことになっているのでございますね」

頓兵衛は思案ありげに呟いた。

籠城丸――信玄公の籠城丸のことは、当時の武将のあいだでも評判の霊薬だった。

いったい、軍の携帯食糧ということは、現代においても、いろいろ考究されていると ころだが、戦国時代の武将のあいだでも、これがひとつの大きな課題になっていた。い まよりもいっそう交通の不便だったその当時にあっては、他国へ攻め入る際、兵站線《へいたんせん》を いかに補給するかということが、大きな問題になることは当然である。

また、敵に取りかこまれて、いざ籠城という窮境に立ちいたった場合、城兵を養うべ き食糧をどこから仰ぐか、そういうことも武将たちが、常に考えていなければならぬ問 題であった。

そういう場合、極く簡単な食糧があれば、どれだけ助けになるかわからない。たとえ ば丸薬のようなものを二、三粒、口にふくむことによって、当座の飢えをしのぐことが 出来れば、どんなに都合がいいか、それはいうまでもないことである。

そこで武将たちのあいだでは、いろいろと携帯食糧について研究がすすめられていた が、その中でいちばん成功していると信じられているのが、信玄公の籠城丸である。

噂によると、信玄公の籠城丸は、天、地、人の三粒よりなっていて、これを同時に口に含むことによって、少くとも一昼夜は飢えをしのぐ事が出来るといわれている。

甲斐の軍勢が一時、近隣に威をふるったのも、ひとつはかかって、この精妙な霊薬を所持しているからだともいわれているくらいで、それだけに信玄公の籠城丸は、戦国武将のあいだでは、羨望の的となっていたものである。

ところがその籠城丸は、いま小田原の北條左京太夫の手に落ちようとしているというのだ。武田氏没落の際花見鳳庵なるものの手によって、天地人の三粒がひそかに持ち出され、それが北條氏のもとに持ちこまれたというのである。三河の徳川氏にとって、これが大きな脅威となることはいうまでもない。

天正十年の本能寺の変以来、天下の形勢は急転して、いまその実権は豊臣氏の手に移ろうとしている。徳川氏も一度はかつて、義によって豊臣氏と戈《ほこ》を交えたが、間もなく和睦の義がなって、いまではかなり温い仲になっている。

そうなると徳川氏にとって眼のうえの瘤《こぶ》となるのは、ただ北條氏あるのみだった。そうでなくとも、武田氏の没落後、しだいに東漸《とうぜん》して来た徳川氏は、関八州に威勢をふるう北條氏と、早晩衝突しなければならぬことは、歴史的必然の運命だった。

したがって、北條氏の強大となるような事は、いかなる事にもあれ、これを妨げなければならない。いや、妨げるばかりではなく、相手の武器をうばって、逆にこちらの武器としなければならぬのである。

「どうじゃ、頓兵衛、そういうわけだから、その方ひとつ小田原へ潜入して、籠城丸の秘密を探って貰えまいか」

と、いうのが本日、本多平八郎より呼び出された用向きだった。

「はい、それはもう仰せとあらば、いかなる御用もいといませぬが、果してその丸薬は、いまだ花見鳳庵なる医師が、所持しているのでございましょうか」

「そこじゃて。これはほかより入った諜報《ちようほう》じゃが、花見鳳庵と北條左京太夫殿とは、いま虚々実々のかけひきの最中じゃげな。と申すのは、うっかり秘法を明かしてしまって、あとは御用ずみとばかり、バッサリやられてはつまらぬから、鳳庵もさるもの、なかなか明かそうとはせぬそうじゃ。左京太夫殿は左京太夫殿で、その丸薬が果して真実のものかどうかわからぬうちは、相手の申出に応ずるわけにはいかぬと申していらるるそうじゃ。なにせ、鳳庵の吹っかけた値段というのが法外なたかじゃからな。そういうわけで、天地人の三粒は、いまだに鳳庵の手中にあると思われるが、それについてこういう話がある」

と、本多平八郎は膝をすすめて、

「勝頼公は討死される少し以前に、京都の本阿彌《ほんあみ》光悦《こうえつ》に印籠《いんろう》の注文をされたそうじゃ。光悦と申せば、年はいまだ若いが諸芸堪能の名人じゃ。その光悦の作った印籠というのは、二重底になっていて、そこに小さな隠し抽斗《ひきだし》があるという。おそらくそれこそ、籠城丸をかくすために作られたものと思われるが、勝頼公御生害の際いつの間にかその印籠が紛失していた。つまり、花見鳳庵が奪い去ったものじゃな。おそらく、信玄公の籠城丸は、いまだその印籠のなかに秘められて、鳳庵の手中にあると思われるが、どうじゃ、頓兵衛、その印籠を手に入れて来てはくれまいか」

平八郎の命令というのはそれだった。

橋の上下

小田原の東部を貫いて流れている山王川。

その山王川にかかっている仮橋の下で、矢柄頓兵衛、さきほどよりしきりにもぞもぞやっている。体中になすくりつけた漆かぶれの痕が、痒くて痒くてたまらない。顔も手も脚も、いちめんに膿みくずれて、誰が見てもこれが立派な武士とは思えない。

服装もそのとおりで、襤褸《ぼろ》をかさねた十二重に着ぶくれて、背には破れ莚《ごも》、頭には煮しめたような古手拭い、誰の眼にも一人まえの立派な物乞いである。

戦場の働きもさることながら、こういうことになると、頓兵衛は堂に入ったものである。元来がいささか間の抜けた顔立のところへ、これがたくみに扮装をこらすと、さすがに疑いぶかい北條家の城下でも、誰一人疑惑の眼をむける者はない。こういう姿で頓兵衛は、はやひと月あまりも小田原城下を徘徊しているが、籠城丸については、いまだにとんと手懸りがない。

花見鳳庵なる人物についても、それとなく当ってみるが、そういう人物が果して城中に滞在しているかいないのか、それすら窺《うかが》い知ることが出来ないのである。

いっそ城内へ忍び入って……と、思わぬでもないが、さて、失敗した結果を考えると二の足を踏むこととなる。むろん、命は惜しまない。こうして隠密に入った以上、命ははじめから投げてかかっているのである。しかし、自分がここで失敗すれば、二度と秘密を手に入れる機会はあるまい。……そう考えると、慎重のうえにも慎重を期さねばならぬ立場である。今宵も今宵とて頓兵衛は、この当てのない探索に、焦燥しながら、馴れぬ磧《かわら》の小石のうえで輾転反側《てんてんはんそく》していたが——と、その時だ。

ひたひたという足音が、向うのほうから近寄って来た。

「はてな、この夜更けに誰が……」

と、思わずぎっくり鎌首をもたげた時、頓兵衛はもうひとつ違った足音を耳にした。たしかにまえの足音を、ひそかに尾けているらしい。ざざざざざ——と、草をわけては、またぴったりと立ちどまる。どうやら草の根にひれ伏しているらしい。

（おや、変だぞ）

頓兵衛が小首をかしげていると、またもやざざざざざ——と草を踏む音。だが、まえの足音は、それとは気づかぬらしい。ひたひたと急ぎあしで、頓兵衛の寝ている上まで来ると、そこでぴったり立ちどまった。

（はてな、どうしたのだろう）頓兵衛が、思わずドキリと竹杖に仕込んだ刀を引き寄せた時である。

「お菰《こも》殿——お菰殿——」

あたりを憚《はばか》るような声だった。これには頓兵衛、思わずぎょっとして仕込杖を握りしめた。

「お菰殿、そこにいらるるか。そこにいるなら、そなたにちと頼みたいことがある」

「なんだ、なんだ、誰だ、ひとがせっかく寝ているところを起こしやがって……そして、俺に頼みというのは、いったいどういうことだ」

頓兵衛が剣突を喰わせると、うえではかすかに咽喉《のど》の奥でわらって、

「ははは、何もそう身分を包むことはない。お菰殿、俺にはちゃんとわかっている。漆かぶれに身をやつしてはいられるが、そなたは三河の間者《かんじゃ》であろうがの」

「何を？」

「その間者と見こんで頼みがある」

「な、何を……冗《くだ》らねえことをいって貰うめえ、俺あ決してそんな大それたものじゃねえが、して、そういうおめえはいったい誰だ」

「俺《わし》か……俺は花見鳳庵」

「ええッ」

頓兵衛は、三度驚いた。これでは何んだか、あんまり話がうますぎる。ひょっとすると、これは自分の素性を知っての罠ではあるまいか。……そう考えると油断はならない。

「なんだ、なんだ、花見だか団子だか知らねえが、俺はそういうものじゃねえ。さっさと向うへいってくれ」

「これ、そういうものではない。そなたを隠密と見込んで頼みというのは、かの籠城丸のことじゃが……」

「げっ」

「それ、御覧じろ、籠城丸ときいては黙っていられまいがの。俺はその籠城丸を売り込みに、この小田原に来たのじゃが、どうやら相手を見損ったらしい。左京太夫殿は器量の小さいお方じゃ。所詮、天下を計る御仁ではない。それにひきかえ三河の家康公は天晴《あっぱ》れなおん大将ときいている。ついては籠城丸の秘法は、家康公にお譲りしたい」

「なに、それでは御主君に……」

「いかにも。俺は所詮、この城下からは逃れられぬ体、いまはもう命を捨てても、この籠城丸の秘法だけは、有為《うい》の大将に譲りたい。お菰殿、きいて下さるか」

棚からぼた餅とは、まったくこの事だった。頓兵衛は、思わず体を乗り出して、

「鳳庵殿、それは真実のことでござるか」

「ははははは、この期に及んで誰がいつわりを申そうぞ。お菰殿、それではこれを

……」

橋のうえから鳳庵がからだを乗り出したときだった。だだだだだと駈け寄って来た足音が、すさまじく橋桁《はしげた》を鳴らしたかと思うと、

「しまった」

頓兵衛が叫んだ時には、遅かった。ばっさりと、濡れ手拭いを振るような物音。

「わっ――」と、のけぞる悲鳴。

つづいて、橋の欄干を乗り越えて、ドボーン！と、朱にそまった男がひとり、水の中へ顛落して来た。

物する者

「しまった！」

頓兵衛は、思わず立ちあがっていた。水のうえに浮いているのは、たしかに医者だ。花見鳳庵にちがいない。いまひと息で、籠城丸の秘法を手に入れることが出来ようという間際に、肝腎の鳳庵を殺された頓兵衛、身分も忘れて思わず橋の下からとび出した。

——と、その時。橋のうえから血刀をさげて、きっとこちらを見おろしたのは、黒装束覆面の武士だ。見ると、口に印籠の提げ緒をしっかりと咥えている。

「あっ、光悦の印籠だ」

頓兵衛が叫んだ刹那、武士の手から小柄がとんだ。小柄はきらりと銀線をえがいて、頓兵衛の左の小鬢《こびん》をかすめた。

「あっ」頓兵衛が磧《かわら》の礫《こいし》に身を伏せたとたん、

「馬鹿め」嘲るような捨台詞を残して、覆面の武士はすたすたと、城下のほうへかえっていく。

こいつを逃がしては大変だった。折角手に入りかけた籠城丸を、横から奪っていった曲者《くせもの》、頓兵衛にとっては、命にかけても貰わねばならぬ品物を、この男はいま懐中にしているのだ。頓兵衛はパッと菰を脱ぎすてると、薄月夜の磧の小道を、見えがくれにつけはじめた。

相手はそれを知ってか知らずか、悠々たる歩きぶりだ。一度もうしろを振りかえらぬところを見ると、頓兵衛をただの乞食と思ったらしい。城下へ入ると覆面をとった。それからするすると、黒装束の上着を脱いだ。

――と、その下から現れたのは、ふつうの武士の装束だった。わかった。わかった。この男は小田原の家中の武士にちがいない。おそらく、左京太夫氏直の命をうけて、鳳庵を殺し、光悦の印籠をうばっていったものだろう。

そう気がつくと、頓兵衛は俄《にわ》かにあせった。この男がひとたび城中へ入ったが最後、籠城丸の秘密はもう、二度と手に入らぬ。城内へ入るまえに、なんとかして、あの印籠を取り戻さねばならないのだ。

見えがくれにつけていた頓兵衛は、しだいに距離をちぢめていったが、相手があまり落着きはらっているので、かえってそれ以上、ちかより難い。

「畜生、どうしてくれよう」

頓兵衛はしだいにあせって来た。武士は今や城近くまでやって来た。意を決した頓兵衛は俄かに足を早めてスルスルと、武士の背後へ迫っていったが、その時だった。

「うわっ！」と、いう悲鳴が夜のしじまをつんざいて、武士の歩調が俄かに乱れた。

「おや！」と、頓兵衛は思わず足をとめた。何事が起ったのか、いっときわけがわからない。

「お、おのれ曲者……」

武士は刀の柄へ手をかけたが、そのまま撞《どう》とうしろへ倒れた。と、つぎの瞬間、物陰から現れた白い影が、武士の体にとびついて、忙しく懐中をさがしていたが、やがて、求めるものを得たのか、傍の武家屋敷の塀づたいに、たちまち姿をかくしてしまった。

こう書いてくると、甚だ悠長なようだが、事実は、これらの事が一瞬のあいだに行われたのだ。頓兵衛がハッと気がついて駈けつけた時には、白い影はどこにもなく、足下にはさっきの武士が朱に染まって倒れている。

見ると見事に土手っ腹をえぐられて、側には血にそまった竹槍が落ちている。頓兵衛は念のために、武士の懐中を探ってみたが、むろん、印籠は影も形も見えなかった。

「畜生ッ、まんまと先手を打ちやがった」

頓兵衛はいまいましそうに呟いたが、そのまま、プイと闇のなかに姿をかくしてしまった。

虚無僧《こむそう》道中

「これこれ、お孤、その方はいったいどこへ参る」

声をかけたのは虚無僧である。小田原から箱根を西へ越えて、三島の宿も出外れたころ、虚無僧はさきほどから、うるさく附きまとって来る物乞いに、胡散臭《うさんくさ》い視線を浴せた。

「へ、へえ、へへへへへ」

お菰は馬鹿みたいな顔して笑っている。

「へえじゃわからぬ。さきほどより俺に附きまとう怪しい奴、もし胡麻の蝿などという輩ならお門違いじゃぞ。その方に覗《ねら》われるようなものは、なにも持っておらぬぞ」

虚無僧は二十五、六の、まだ若い、立派な顔立ちの人物だった。

「へへへへ、何を滅相な、私はそんな怪しいものじゃございませぬ。一人旅は不用心でございます故、ついお後をしたって参りました」

お菰がケロリとしていうと、虚無僧は思わずわらって、

「はははは、その方でもやっぱり不用心ということがあるのか」

「それはございますとも。そりゃ奪われて惜しいような品はなくとも、新刀の試し斬りだ、それへ直れ、などというのはいやでございますからな」

「なるほど、そういえばそうだ。人にはそれぞれ、苦労があるものだな」

それから後は虚無僧も、お菰がいっしょについて来るのを、深くもとがめず、却ってよい言葉がたきとばかりに、打ちつれだって西へいく。

いうまでもなく、このお菰とは矢柄頓兵衛だが、さて、ふたりが沼津の宿《しゆく》へさしかかった頃である。

「もし虚無僧さま」

頓兵衛がにやにやしながら声をかけた。

「なんだ」

「おまえ様は何か、人に追われるようなことをなさいましたか」

「なに？　人に追われる……？　どうしてそのようなことを訊ねるのだ」

「いえ、どうやらさき程から怪しい三人連れがついて参ります故、もしやおまえ様を狙っているのではあるまいかと思いまして……」

虚無僧はぎっくりした面持ちで、あわてて、あたりを見廻わしたが、別に怪しい影はなかった。

「これこれ、お菰、何をつまらぬことを申すのだ。誰もつけて参る者はおらぬではないか」

「いえ、おまえ様には見えなくとも、私にはちゃんとわかっておりまする。さきほどより怪しい旅の侍が三人つけて参ります」

虚無僧はそれをきくと、明らかに不安が昂じた模様だった。

「そうか。なに、よいよい。したが、お菰、その方は今夜いずこへ泊るつもりじゃ」

「へえ、どうせ私どもは宿場へ泊る柄じゃありません。宿の外れに古寺が一軒ございます故、今夜はそこで寝るつもりでございます」

「そうか。それは面白いな。それでは俺もいっしょにそこに泊ろうかの」

虚無僧はさりげなく笑ったが、その眼は油断なく八方へ配られていた。

荒療治

「これこれ、お菰」

物凄く荒れはてた古寺の中だった。さきほどから寝そべったまま、じっとあたりの気配に眼をくばっていた虚無僧が、何を思ったのか、ふと鎌首をもたげた。

「へえ」

と、頓兵衛のお菰も、古畳のうえから顔をあげる。

「何か御用でございますか」

「いや、別に用事というのではないが、どうも、その方といっしょに寝ていると臭くてかなわん」

「これは恐入りました。それでは私は向うへ参って寝ましょうか」

「いや、それには及ばんが、どうだ、お菰、俺《わし》は吹出物に奇妙によく利く薬を所持致しておるが、どうだ、それをひとつ験《ため》してみる気はないか」

「有難うございますが、それはまあ止しましょう。この吹出物は、これでも私にとっちゃ商売道具でございますから」

「はははは、それもそうだが、なに、体中すっかりとは申さぬ。どこかひとところ、験させてくれまいか」

「さようでございますね。それゃ、ひとところぐらいなおして戴いても、商売にさしつかえるわけじゃございませんが……」

「そうだろう。それじゃひとつ、肩のあたりの吹出物をなおしてやろう。その代り、お菰、俺の治療はいささか手荒いぞ。それでもよいか」

「よろしうございます。せっかくでございますから、ひとつ辛抱致しましょう」

頓兵衛も、相手の心を計りかねた。いったい、なんのために、こんなことを言い出したのか、さっぱりわけがわからないが、しかし、ここで相手が何をするのか、それを知っておきたくもあった。

「それじゃひとつお願い致します」

双肌《もろはだ》ぬいだ頓兵衛の背中いちめん、膿み崩れて、見るも無残なありさまになっている。

「おお、これはたいへんだ。いまのうちに治療をしておかねば、背中がすっかり腐ってしまうぞ」

いいながら、小柄を抜いて肩の腫物を切り開く。

「あっ、痛っ、痛っ、虚無僧様、もそっとお手柔かに願えませんか」

「何をこれしき、体がくさってしまう事を考えれば、たやすい辛抱だ。それ、もうひといきだ」

「あっうーむ」

頓兵衛は額に、びっしょり汗をかいている。

虚無僧は遠慮容赦もなく、ざくりざくりと、腫物を切りひらいていたが、やがて印籠から取り出した薬をなすりつけると襤褸《ぼろ》をちぎってぐるぐる巻き、いや荒治療といっても、これほど手荒な治療はないだろう。

やがてすっかり治療が終ると、

「どうだ、お菰、少しは楽になったろう」

「冗談じゃございません。楽になるどころか、かえって肩がつっぱるようでございます」

「なに、しばらくの辛抱だ。すぐ快《よ》くなるから、あまり背中へ手をやるな」

治療を終った虚無僧は、じっとあたりに気をくばっていたが、何を思ったのかだしぬけに、ふっと灯を吹き消した。

「おや、虚無僧様、どうかなさいましたか」

「しっ！」

と虚無僧は片膝立てて、

「誰か忍んで参った。お菰、どのようなことがあっても、そなたは決して俺《わし》のそばを離れるな。よいか。わかったな」

虚無僧はくらがりの中で、竹杖をひき寄せると、静かに仕込んだ刀の鯉口をくつろげている。

籠城丸いづこ

「……と」

「そういうわけで、それから間もなく、古寺の中は大騒動でございましたよ。忍びこんで来たのは、いうまでもなく、北條左京太夫殿の家中のもので、つまり、籠城丸のあとをしたって、その虚無僧をつけて来たのでございますな」

頓兵衛はケロリとして、主君家康公のまえに座っている。

かたわらには、本多平八郎がいくらか心配そうな面持ちでひかえていた。それもその筈、服装こそ改めているが、頓兵衛の体には、まだ一面に吹出物のあとが残って、いや臭いの臭くないのといったら、お話にならない。

しかし、家康公は別に気にとめる風もなく、

「ふむふむ。すると、その虚無僧というのが、籠城丸を奪って所持いたしていたのだ

な」

「さようで。あれはたしか、上杉方の間者とにらみました」

「それで結果はどうなったのだ。虚無僧は首尾よく逃げたのか」

「いえ、それが私にはよくわかりません。何しろ、虚無僧と三人が斬り結んでいる隙に、私はあとをも見ずに逃げてしまいましたので……」

「控えろ」

突然、平八郎が横から怒鳴りつけた。割鐘のような声だ。

「へえ」

頓兵衛は、相変らずケロリとしている。

「へえではない。その方は君命を忘れたのか。籠城丸の行方もつきとめずに、逃げ出すとは、なんたるたわけだ」

「いえ、その籠城丸なら、ちゃんと虚無僧から貰いましたので」

「なに、虚無僧から貰った？　馬鹿なこと申すな」

「いえ、決していつわりではございませぬ。どうぞ、これを御覧下さいまし」

いいも終らぬうちに、頓兵衛は君の面前をも憚らず、パラリと双肌ぬいだから、いや、平八郎の驚いたの驚かぬの。

「こりゃ、頓兵衛、その方気でも狂ったか。穢《むさ》い！　早く肌を入れろ」

「いえ、しばらく御辛抱を願います。平八郎様、どうぞその小柄で、背中の腫物を切りひらいて下さいまし」

「なに、腫物を開けと申すか」

「はい、何んでもよろしうございます。どうぞ、急いでやって下さいまし」

「よし」

意味ありげな頓兵衛の言葉に、平八郎はどうしたものかと当惑している。家康公はにんまり笑って、

「よいよい、平八郎、頓兵衛の申すとおりにしてやれ」

君命とあらば止むを得ない。

本多平八郎は小柄を取り直すと、ぐさりと頓兵衛の背中につきつけたが、と、そのとたん、奔る血潮とともに、ころころと転がり出したのは三ヶの玉だ。

「あっ！」

平八郎は驚いたが、頓兵衛すかさず向き直ると、素速くその玉を取りあげて、血潮を

拭い、

「御覧下さいまし。これこそ本阿彌光悦が、工夫をこらせし三個の印籠、中には天地人の籠城丸が、たしかにかくされている筈でございます」

家康公は三個の玉を取りあげて、思わずあっと驚いた。豌豆《えんどう》ほどの三つの玉は、見事に金蒔絵をほどこされた、世にも精巧な印籠だった。

そして、その印籠を爪で割ると、中から現れたのはまさしく、天、地、人の三個の丸薬、それこそ信玄公の籠城丸であった。

籠城武士道

局《つぼね》の女達

その年は雨が多かった。

春から夏へかけて、びしょびしょと雨の降りつづく日が多くて、明るい空を仰いだ日は、数えるほどしかなかった。

梅雨が明けて、油蝉《あぶらぜみ》の鳴くころになっても、天候は定まらなかった。

そうでなくとも、長期の籠城には士気沮喪《そそう》しがちなものだのに、かてて加えて陽気の変調に小田原の城中では、男も女もいい加減くさり気味になっていた。

「ほんとに厭ンなっちまう。いつまでこう、びしょびしょ降るつもりなんだろうね」

本丸の局で、おぎんはがりがり頭を掻きながら、辛気臭そうに空を眺めていた。

「小萩《こはぎ》さん、もうお止しよ。そんな事……どうせ大したものじゃないわ」

「ええ、でも、折角たのまれたものだから……」

おぎんの言葉を聞き流しながら、小萩は器用な手つきで首の始末をしている。血を洗って、髪を梳《す》いて、似合いそうなら白歯をくろく染めてやる。そうすると名もない雑兵《ぞうひょう》の首も、ひとかどの大将らしく化けるのである。戦国の女の神経は太く、こうした事にもまた、戦国の女としての修練を積まねばならなかった。局の女たちは城中の侍どもに頼まれて、ずっとまえから、これをやっていた。

敵も味方も長期戦と腰をすえてからは、むだな消耗を避けるために、戦闘の行われることも少なくなった。おかげでちかごろ、局の女たちもしばらく暇だったが、昨日珍しく小競合《こぜりあい》があって、その獲物がいま、局の薄暗い薄縁のうえにきちんと乗せてあったのである。

「ちょっと、ちょっと小萩さん、来て御覧」

さっきからぼんやり空を眺めていたおぎんが、その時だしぬけに小萩を呼んだ。

「なァに、おぎんさん」

「なんでもいいからここへ来て御覧、可愛いものが見えるよ」

「どうれ」

小萩もいいかげん、首の始末に倦《う》いていたので、立っておぎんのそばへいった。

「なんのこと、おぎんさん？」

「ほら、あの梧桐《あおぎり》の幹をごらん、可愛いわ」

局の外には梧桐がひろい葉をひろげて、そうでなくても暗い局を、いっそう鬱陶しくしている。小萩がその幹をみると、すべすべとした樹の肌と、同じ色をした小さい雨蛙が、ぴったりと吸いついていた。

「ね、可愛いでしょう」

「蜘蛛をねらっているのね」

「蜘蛛——？　そうかしら」

「そうよ、御覧なさい。うえのほうに蜘蛛の巣があるわ。それに雨蛙の咽喉《のど》があんなにびくびくうごいているじゃないの」

「まあ、そうだったの、憎らしい奴」

いま可愛いといった唇から、おぎんはいかにも憎々しげな声を放つと、紙を丸めて投げつけた。

「ねえ、おぎんさん」

しばらくしてから、小萩がいった。

「なァに、小萩さん」

「昨日の戦いでは、敵の首もだいぶ獲ったけれど、味方も相当やられたんだってね」

「そうよ、ひょっとすると、味方の損失のほうが多かったのじゃないかしら」

「そうかしら」

「そうよ。だからあんなことしないほうがよかったのだわ。籠城なら籠城と、じっくり腰をすえていればいいのに……そうすれば敵のほうで痺れ切らして退き上げていくわ。こっちには、兵糧《ひょうろう》だって何んだって十分あるんだもの」

「でも、仕方がないわ。おりおりは打って出て、戦いでもしなければ、男の方はやりきれないと思うわ。もう三月になるんですもの」

「三月であろうと半年一年であろうと、それに耐えぬく気力がなけりゃいけないの。こうなれば根競《こんくら》べですものね。でも……このお城の模様じゃ無理かも知れないわね」

「無理というと……？　おぎんさん、あなた、お城はどうなると思うの？」

「そんなことわからない。わかってても言えないわ。ただね、小萩さん、わたしたちもっと強くならなきゃいけないのよ」

「強くって？」

「しっかり肚《はら》をすえてなきゃいけないの。どんな事態が起っても、迷ったりあわてたりしちゃならないのよ。でも、このお城じゃあね」

「あなた、それが出来ないと思うの？」

「さあ……」

おぎんは曖昧な調子で、

「女も女だけれど、男のほうもね。このお城じゃ、誰もかれも、もう、ひとつ腰がすわっていないのじゃないかしら」

いまいましそうに言って、おぎんは勝気らしい眉をしかめた。

首異変

秀吉が家康とはかって、小田原征伐に乗り出したのは、天正十八年三月一日のことだった。

その時分には、天下の大勢すでに定まって、秀吉の覇権はうごかすことが出来ないものになっていた。それに反抗することは、滅亡のもととわかっていたが、小田原の家中にはそれを見透す眼力をもった者がいなかった。徒《いたず》らに父祖以来の勢をたのんで、秀吉の命に服さなかった。

それならそれで、秀吉の軍に対して、あくまで戦い抜くという肚が出来ているかというに、そうでもなかった。秀吉の軍迫るときいたとき、連日、和戦の討論が行われたが、ついに決することなく、小田原評定の醜名《しゅうめい》を後世にのこすに至った。

結局、秀吉、家康の連合軍にかこまれて、籠城のやむなきに至ったが、そうなってからも、城内には動揺の絶間がなかった。

いったい、小田原は城堅固にして、これを攻めるは容易ではない。だからこそ、秀吉も短兵急《たんぺいきゅう》に攻落することを諦めて、長期包囲陣のやむなきに至っているのである。城内の肚さえきまっていれば、これと対抗することはそう困難ではなかった筈だ。なんといっても敵の兵站線《へいたんせん》は長いのだし、兵は長途の行軍に倦んでいる。それにこの攻防戦が長びけば、背後にまた、どういう不測の事態が起らないでもないという不安も持っている。

「この霖雨《ながあめ》だって、味方より敵にとってどれだけ困りものだが知れないのに。……雨で難渋するのは、城の中より外のほうですものね」

おぎんは、梧桐の葉を滑り落ちる滴を眺めながら呟いた。

そういえば、ちかごろよく敵の陣中より陽気な歌舞音曲の音がきこえた。これを見てもわかるとおり、敵の陣中にもよほど士気沈滞の傾向があるのだ。それに対して城中でも、囲碁、双六《すごろく》などでつとめて意気の阻喪を防いでいるが、どうかすると男も女も、外の陽気な音曲に心ひかれた。ことに女たちは、ちかごろ俄《にわ》かに繁華になったという、城下町の気分にあこがれたりした。

勝気なおぎんに対して小萩はおだやかな女だった。城のなりゆきに胸をいためながら、それと口に出すことを慎んでいた。

思ったことを口に出して憚《はばか》らぬおぎんを、ハラハラした思いで瞶《みつ》めながら、それでいて、やっぱりこの女の側が離れられなかった。

もっともそれにはわけがあって、おぎんの弟の犬塚三之助と小萩は許婚者《いいなずけ》になっていた。今度の戦さえなければ、この春のうちに、二人は祝言の式をあげている筈だった。

その三之助は戦がはじまるとともに、小田原の前衛防御地点である箱根の山中城へ出向いたが、そこが落ちてからどうなったのか、消息不明になっている。

それのみならず三之助の行動については、怪《け》しからぬ噂が城内に伝わっていた。

山中城は堅固ながら、小城なので、もとよりそう長く持ちこたえられようとは、はじめから誰も思っていなかった。しかし、それがあまりにも呆気《あっけ》なく落ちたのは、三之助が裏切ったからだと、誰がいい出したともなく城内につたわった。

三之助は、貝の役をつとめていた。貝はいまの喇叭《らっぱ》である。貝の役は主将の下知を、貝の調べによって諸士に伝える役である。

三之助は、この貝の調べをあやまった。そのために諸士の進退に大混乱を生じて、それが落城の機を早からしめたというのである。

「小萩さん、あんたもあの話を信じているの」

おぎんが、だしぬけにそう言った。

「あの話って、おぎんさん、何んのこと……?」

小萩もいま、そのことを考えていた際なので、おぎんの言葉がすぐわかった。しかしわざと空恍《そらとぼ》けたが、さすがにその顔色は蒼かった。

おぎんは意地悪い眼付きになって、

「何んのことって、弟のことよ。わかったわ、あんたもやっぱり弟を裏切者だと思っているのね」

小萩はしばらく黙っていたが、やがて蒼褪めた顔をあげると、

「おぎんさん、それについてあたしこう思うの」

と、落着いた声で、

「あたしはむろん、三之助様を信じているわ。だけど、いつまでもそのことにこだわっているのは、よくないと思うの。山中城は落ちてしまったんでしょう。落ちた原因をよく調べるのは必要だけれど、あたしたちがいつまでも、そのことにかかわって、愚痴や不平をこぼすのはいけないと思うの。山中城が落ちたら落ちたように肚をきめなおすことのほうが大事じゃないかしら」

小萩はそう言って、おぎんの側をはなれた。そして何気なくうしろを振りかえったが、だしぬけにきゃっと叫んで、おぎんにしがみついた。

「どうしたのよ、小萩さん」

おぎんはびっくりして、憤《おこ》ったような声を出した。だが、すぐに彼女も眼を瞠《みは》った。

首がひとつ長押にぶら下っているのである。首にはなれている筈の女たちでも、思いがけないところにぶら下っているのを見れば、やっぱり怖いのだった。

だが、すぐにおぎんが落着きを取戻した。

「なァんだ。あれ、さっきあんたが髪を梳いていた首じゃないの」

「ええ、でも、誰があんなところに……」

そうだ、それが問題だった。おぎんはすぐ杉戸の外へ出てみたが、長い廊下には人影も見えなかった。

「誰もいないわ」

おぎんは呟いて唇をかんだが、その時、向うの局でも、きゃっという悲鳴がきこえた。おぎんと、そしておぎんのうしろから小萩が駆けつけてみると、女たちが四、五人、ひとかたまりになって顫《ふる》えている。

「どうしたのよ、あんたたち……」

いいかけて、おぎんと小萩は顔を見合せた。

そこにも首が、しかも御丁寧に三つまで、長押にぶら下げてある。

「なんだ。あんたたちこんな物が怖いの」

いいながら、おぎんは小萩の手を握った。なんにもいうなというふうに。……

「だって、そんなところにぶら下っているんですもの」

「ぶら下っていたっていいじゃないの。ぶら下ってたって、転がってたって首は首よ。それともひとりでに、首がふらふら宙に舞いあがったというの。それなら怖いけど」

おぎんは、蒼褪めた笑い声をたてた。

「あら、そうじゃないの。あたしたちが厠《かわや》から帰って来ると、あんなところにブラ下っていたのよ」

「ほほほほほ、それなら何も怖いことないじゃないの。誰かの悪戯《いたずら》ですもの」

「だって、誰が……」

「わたしがしたのよ」

おぎんはそういって、また小萩の掌を握りしめた。

「まあ、おぎんさんが……」

「御免なさい。あんまり退屈だから、ちょっとからかってみたの。悪かったわね」

「まあ、あんたが……」

ふるえている女達のなかから、幹という年とった醜い女が、烈《はげ》しい眼をおぎんにむけ

た。だが、おぎんの強い、物に臆せぬ瞳をみると、すぐまぶしそうに視線を外らして、

「悪い人だね。人騒がせな」

そういって、醜い齦《はぐき》を出して笑った。幹というのは、山中城が落ちた時、向うから、逃げ込んで来た人たちの中にまじっていた女だが、こまめに働くので誰にでも重宝がられていた。

貝の調べ

六月に入ると、城内の動揺はますます著しくなってきた。城の重臣、松田憲秀《まつだのりひで》がまず秀吉に款《かん》を通じて、長子新九郎と共に、敵をひそかに城中へ導きいれようと謀った。このことは幸い、憲秀の次子左馬之助の諫止《かんし》にあって沙汰やみとなったが、いつどこともなく、それらのことが城内に知れわたった。憲秀はただちに捕えられ、新九郎は誅《ちゅう》せられた。

この頃になると、重臣たちのあいだでも、さまざまな画策をする者が現われた。しかも不思議にそれらの策謀が、どこからとなく知れわたって、城内の人心をいっそう動揺

させた。

男たちの気持ちがこうして動揺している際、奥でもさまざまな妖しい噂が立った。

ある時、籠城のつれづれに、琵琶法師を召して琵琶をきこうとしたところが、いざ弾奏という間際になって琵琶の絃《いと》がことごとく切れてとんだ。女たちは不祥のことと顔色をうしなった。

また、ある時、城内で飼っていた犬が、梧桐の根本から、藁でこさえた人形を掘り出した。その人形には大きな釘が差し込んであった。これを最初に見つけて騒ぎだしたのは、あの醜い幹で、彼女はこれを主君、北條左京太夫殿の人形にちがいないと言い出した。つまり、城中に主君を呪《のろ》っているものがあるに違いないというのだ。

そうかと思うと、こんなこともあった。女たちはそのまえから、身のまわりの品がしだいに不足して来るのをこぼしていたが、或る夜、かの女たちが愛用していた銭屋白粉《ぜにやおしろい》が、一夜にして真黒に変色してしまった。銭屋白粉というのはその頃明《みん》から渡って来た鉛《なまり》白粉だが、それが一夜にして変色したので明日からはもうお化粧も出来ないと泣き出す女もいた。

「あたし、ちかごろやっとわかったわ」

ある晩、小萩が丸薬を練りながらいった。ちかごろ城内に病人が続出して、薬の製造にも間にあわなくなった。そこで局の女たちが、慣れぬ手付きで丸薬を練るのである。

「わかったって、何んのこと……」

「いつか首がぶら下っていた時ね。あなたが自分で罪を買って出たわけが……」

「……」

おぎんは、ふんというような顔をしている。

「あの時、あたしは不思議に思ったの。自分でしもしないことを、何故したようにおっしゃるかと思って。……でも、ちかごろやっとわかったわ。あなたはなるべく、あたし達を騒がせまいとしていらしたのね」

おぎんは面白くもない顔で、

「あの時分は、それで防げると思っていたのね。馬鹿だったわ。猿めのしつこい謀《はかりごと》を、自分ひとりで防げるなんて……笑止だったわ」

「あら、そうじゃないわ。みんながはじめから、あんたのようにしっかりしていたら、そしてもっとお互いに信用しあっていたら、こんなふうにならなかったと思うわ」

おぎんは何かいおうとして、小萩の顔に眼をやったが、相手の落着いた顔色を見ると、すぐいまいましそうに口を噤《つぐ》んだ。

小田原城内の怪異は、その後もいろいろひきつづいて起った。ある夜、臥床《ねどこ》をならべて寝ていたおぎんと小萩は、異様なひびきに眼をさました。

「おぎんさん、あれ、なに？」

「叱《し》ッ！」

おぎんは耳を傾けていたが、すぐはっとしたように顔色をかえた。

「小萩さん、あれ貝の音よ」

「まあ！」

貝の音に悲しい思い出を持っている二人は、思わず臥床のうえに起きなおった。それはたしかに、貝の音だった。だがその調べは、いままでついぞ聞いたこともないようなものだった。

小萩もおぎんも、貝の音には聾《つんぼ》ではなかった。その調べにもいろいろあることを知っていたが、いま、どこからともなく聞えて来る調べの、一種異様な物悲しさははじめてだった。それは陰々と、魂を奈落へひきずり込むようなその音は、たしかに城の天守と思われる方角から聞えて来るのだ。

「小萩さん」

だしぬけにおぎんさんが、上ずった声を出した。

「あんた、あの音に聞きおぼえはない？　あれはたしかに三之助の……」

いいかけて、おぎんは両の手でこめかみを押えた。小萩もはっとしたように真青になってしまった。

その時、俄かに城内が騒がしくなった。

おぎんと幹

昨夜聞えた貝の音について、城内ではさまざまな噂が立った。

ある者は、あれを聞いたとき、ぞっと寒気立つような気持ちがしたといった。ある者は城の崩れ落ちる音を聞いたような気がしたといった。そして、誰いうとなく、あれは落城の時に吹く弔《とむら》いの譜だといい出した。そして、ああいう音が聞えるからには、落城ももう旦夕《たんせき》に迫っているのだと怯えたりした。

こういう噂がひろがるにつれて、城内では俄かに詮議がきびしくなった。そのうちに、おぎんが重役のまえに呼び出されたという噂がぱっとひろがって、局の女たちをまた驚かせた。

「昨夜、きこえた貝の音ね、あれは天鼓《てんこ》といって、三之助さんが愛用していた貝にちがいないのですって。だから……」

「だから、何よ？」

「わかっているじゃないの。あの音色がきこえたからには、いつかの噂はほんとうだったのだわ。三之助さんは裏切って、敵の手先になっているのよ」

「まあ！　それでおぎんさんが呼ばれたのね」

「そうよ。でも、このこと、誰にもいっちゃ駄目よ。あたしは幹さんから聞いたのだけれど……」

おぎんは暮方になって局へかえって来た。疲れて、くろずんだ顔をして、瞳をぎらぎら光らせていた。

おぎんにとって今度のことは、非常に大きな打撃だった。三之助は彼女にとっては、弟以上のものだった。幼い時に両親をうしなったおぎんは、弟の母となって養育して来た。それだけに三之助は、おぎんにとっては弟というよりは、愛児であり、また、自分の希望でもあった。

その日以来、おぎんは眠らなかった。真夜中でも彼女はそっと起き、おりおり局の廊下を渡って歩いた。

あの不吉な貝の音は、あれきり暫く聞えなかったが、十日目の晩になって、また天守のほうから聞えた。

おぎんはその時、いつものように廊下を歩いていたが、それを聞くとすぐ表との境のお錠口まで駈けつけた。局の女たちも大勢起きて来た。みんな怯えたようにおどおどしていた。そこにおぎんのいるのに気のついたものは、不祥なものでもみたように後退りした。

表のほうでも、けたたましい騒ぎが起った。どうやら侍たちが誰かを追っかけているらしく、あっちだ、あっちだという声が聞えるかと思うと、それ、そこへ逃げるぞという叫びが聞えた。

「いったい、曲者《くせもの》って誰でしょう。どうして、この厳重な見張りを抜けて忍びこめたのでしょう」

「わかっているじゃないの。お城の中に手引きをするものがあるのよ」

「まあ、怖い。そんな大それたことをするのはいったい誰なの」

「あなた、それを御存じないの？　その人はね……」

女たちの眼が、いっせいにこちらを向くのを見て、おぎんはお錠口のそばを離れた。怒りのために、腹が煮えかえるようだった。彼女は夢中になって庭へとび出した。

降りみ降らずみの空はきょうも暗かった。おぎんははだしのまま、表との境の木戸のほうへいったが、その時ふと、暗闇のなかに誰やら人がうずくまっているのを見て、思わずどきりと足をとめた。だが彼女は気丈者だ。

「誰？　そこにいるのは……」

声をかけると、

「叱ッ、静かに……」

反対に相手がたしなめるようにいった。

「まあ。誰なの、あなたは……」

おぎんは用心ぶかく相手の側へよっていったが、すぐ、怪しむように、

「まあ、幹じゃない。こんなところで何をしているの」

と、詰《なじ》るようにいった。すると幹は舌打ちしながら、

「まあ、しょうのない人だねえ。ひょっとすると、曲者をとらえることが出来たかも知れないのに……あら、あんたはおぎんさんだね」

幹の眼にも、疑いぶかい色が俄かにふかくなって来た。

「あんた、こんなところへ何しに来たの？」

「そういうあなたこそ、ここで何をしていたのよ」

「わたしかね。わたしはここで変なものを見付けたのだよ。ほら、御覧！」

幹がつきつけるように差出したのは、具足《ぐそく》と鉢巻と、大身の槍だった。

「ここに脱ぎ捨ててあったんですよ。ひょっとすると曲者が捨てていったんじゃないかと思うけど、それにしても、あんたがここへ来るなんて、少し変だねえ」

幹は疑いぶかい眼でおぎんを見ながら、くろい齦を出して笑った。いつの間にやら二人の声をきいて、駈けつけて来た女たちはそれを聞くと怯えたように顔を見合せた。

落城禍

おぎんは、また重役から呼び出された。しかも今度はなかなか奥へかえって来なかった。噂によるとおぎんは座敷牢に閉じこめられて、手ひどい詮議をうけているのだということだった。

表の役人たちは、これで自分たちの失策を償おうとしているのであった。見す見す眼の前に曲者の姿を見ながら取り逃がしてしまったかれらは、誰か連累者《れんるいしゃ》でもこさえなければ面目が立たなかったのだ。

そこにおぎんがいた。曲者の脱ぎすてていった具足のそばへ、おぎんがそっと忍びよった。しかも彼女は疑いのかかっている三之助の姉でもあり、日頃からも、何かと表のやり口を掻きまわすようなことばかり言っている……だらしない表の役人たちにとっては、恰好の犠牲者だった。

かれらは、まことしやかに口をそろえた。

「はい、私はたしかに曲者の顔を見ました。それは、犬塚三之助にちがいございませんでした」

こうしておぎんは座敷牢の中で、半死半生になっていた。しだいに物狂おしくなってあらぬことを呟いたりした。

小萩はおぎんのこの不幸を、内心ふかく悲しんだが、口に出して抗弁するようなことはしなかった。そんなことをすれば、自分も同類として捕えられるのにきまっている。だから彼女は黙っていた。用心ぶかい、慎ましい沈黙を守りながら、しかし彼女はひそかに待つところがあった。


小萩の待っていたことは、その後間もなく起った。

「おぎんを捕えてしまえば、もう二度と三之助がしのび込むことはありますまい」

と、表役人のいった舌の根も乾かぬある夜、また、あの貝の音が天守のほうで聞えたのだ。

素破《すわ》！

おぎんを捕えていくらか安心していたところだけに、城内の驚きは大きかった。表も奥もたちまち大騒動になった。

小萩は貝の音をきいたとたん、自分の臥床から滑り出していた。ほかの女たちがお錠口のほうへ駈けつけるのと反対に、彼女はかえって奥へすすんだ。やがて彼女は、とある お廊下の隅に立ちどまった。

みんなお錠口へかけつけているので誰もその辺にはいなかった。

小萩は障子に耳をつけて、しばらく中の様子をうかがっていたが、やがて、低い声で、

「お幹さん、いて?」

と、声をかけた。

そして返事のないのをたしかめておいて、彼女はそっと障子の中へ滑りこんだ。そこは幹の部屋だった。

彼女はすばやく、部屋のなかを見廻した。別に怪しいものは見当らなかった。でも、彼女は確信あるもののように、部屋のなかに立っていた。全身の神経を耳に集めて。

……遠くのほうで、人々の罵り騒ぐ声がきこえる。あわただしい足音や、怒号や、悲鳴が、遠くなったり、近くなったりする。ちょっとの間、そういう物音がとぎれた。と、思うと誰かがお廊下をふんで、こちらのほうへ近づいて来るのが聞えた。

小萩の面から、さっと血の気がひいた。胸がどきどきとして、いまにも倒れそうになる。それをじっと怺《こら》えて、襖《ふすま》の影に身をよせていると、足音は果して部屋のまえでとまった。

やがて障子がひらいて、小萩のまえへに姿を現したのは——それは幹であって幹でなかった。幹の裲襠《うちかけ》を羽織っていたが、その下は下帯いっぽんで裲襠のあいだから、毛むくじゃらの脛《すね》が覗いていた。幹は男だったのだ。小萩は気が狂いそうだった。

幹——いや、その男も、ふりかえったとたん小萩と顔を見合せて、どきっとしたように眼を円くしたが、すぐにやっと笑った。わりと人懐っこい笑顔だった。

「なるほど、啼かぬ猫は鼠をとるというが、無口なおまえさんが、この城じゃいちばん賢かったわけだね」

「あなたは、……あなたは男だったのね」

「そうさ、知らなかったのかい？　……じゃ、どうして私だと気がついたのさ」

「山中城が落ちてから、この城へ来た人たちのうちで、あなただけが素性がはっきりしなかったから」

小萩は、男の持っている貝に眼をやった。

「ああ、そうか。この貝か。なるほどこの貝は山中城で討死したおまえさんの許婚者《いいなずけ》の持物だったね」

「じゃ……じゃ、討死なすったのね、三之助さまは……」

「そうだよ。そんなことが、どうして疑いの種になるのだろう。味方の者をそんなに疑うなんて、私の家中ではわからないことだ」

「あなたの家中は……」

「三河だよ、家康公の御家中だ。名前かい、名前は矢柄頓兵衛……さあ、この貝はおまえさんにかえしてあげよう」

貝をその場に投げ出すと、矢柄頓兵衛と名乗った男は、くるり身をひるがえして、そのまま暗い廊下へとび出した。小田原が開城したのは、それから間もなくのことである。

「人が互いに信頼を欠くということが、どんなに怖しいことか、小田原城で俺はしみじみ感じたよ」

小田原攪乱に一役つとめた矢柄頓兵衛は、老後に及んでも、よくそのことを口にしたものだ。

「子供騙しのからくりでも、おかしいほど利目《ききめ》があるのだからな。小石を投げると、そいつが思いも寄らぬ波紋をえがく。それというのも城内の連中が、互いに信用出来なかったからだ。人を信用出来ぬというのは、つまり自分の肚がすわっておらんせいじゃな。小田原は太閤《たいこう》殿下の武力に屈したのではない。殿下の謀略にかかって、内部から崩れていったのじゃ。いや、怖ろしいのは人の不和、群臣相互の不信じゃな」

使者武士道

難題使者

幕臣矢柄頓兵衛正勝、一名頓兵衛老――この人は永禄元年のうまれだから、寛永十一年をもって七十七歳、俗にいう喜寿の齢《よわい》をかさねたわけである。

ところでこの老人、いまの世の中をつらつら見渡すに、とかく歎かわしいことばかりだ。武士の墜落、旗本の柔弱――戦場生残り老人の眼からみれば、甚だもって慨歎《がいたん》に耐えぬ次第である。

そこで、武士道精神作興の一助にもと、思いついたのが「矢柄頓兵衛戦場噺」。月に一回、一門八十余名をわが家に集めて、かたってきかせる昔話。このたびは、その第九回目である。

「おまえたちも知ってのとおり……」

と、頓兵衛老人は語り出す。

「権現様が江戸へお入りあそばされたのは、かの小田原の役が終って間もなく、即ち天正十九年九月一日のことじゃった。ちかごろではこの日を、神君関東御入国の日として称して、お祝い申上げることになっているが、なかなかどうしてその時分は、お祝い申上げるどころの騒ぎではなかったものじゃ」

太田道灌《おおたどうかん》がはじめて江戸に建城したのは、長禄元年だというから、家康入城より百三年の昔になる。この間うちつづく戦乱に、城は見るかげもなく荒廃して、城代の館すら柿葺《こけらぶき》もなく、台所などはまったく茅葺《かやぶき》。おまけに籠城の際、城兵が泥土をもって屋根を塗ったから、雨漏りのために畳敷物の類がことごとく腐敗しているという有様。

ことにひどいのは玄関で、舟板を二枚かさねて板敷代用としてあったというから、もってその惨状察すべしである。城下町なども縦十二町横二十三町の、不規則な町並があるに過ぎず、つまり、これが当時の江戸の宿であった。こういう調子だから、小田原の繁昌などとはくらべ物にならない。

せっかく小田原の北條氏を滅ぼして、関八州の領主となりながら、こういう荒れ果てた城へうつる事になったのだから、家臣のなかには心甚だ平かでないものもあった。

「俺《わし》などもその組で、これを住みなれた浜松のお城にくらべても、まるで島流しになったような気持じゃ。何しろ城内に寺が十六もあり、いまの西丸の辺には田や畑があり、桃や桜が植わっていて、春になると老若男女の遊覧の地になっていたというのじゃから、おまえたちには想像つくまい」

こういう未開の土地へ移されたのだから、家臣たちが不平をもらすのも無理はない。そもそも家康に江戸へ移るように奨めたのは、秀吉であったというから、わが君は太閤殿下にいっぱい喰わされたのだと、口惜しがるものさえあった。

しかも用心ぶかい家康は、俄《にわ》かに大修築をほどこして、秀吉の疑惑を招くことを極力ひかえていたから、入城後、ごく小規模なつくろいをしたに過ぎなかった。

「今にして思えば、権現様の深慮遠謀《しんりよえんぼう》は、われわれ凡慮の及ぶところではなかったが、これほど御主君がひかえ目にしていられても、なおかつ、太閤殿下の疑いを避けることは出来なかったのじゃ、思いがけなく難題が降って湧いての、そこでまたこの俺がひと働きしようといういきさつは……」

天正十九年の春のことだった。

江戸の家康のもとへ、太閤殿下から使者がやって来た。それはつぎのような一種の詰問状をもって来たのである。

先年の小田原征伐の際、秀吉と家康は同道で、いまの静岡の賤機山《しずはたやま》のそばを通りかかった。

この賤機山には浅間神社がある。浅間神社は木花咲耶姫命《このはなさくやひめのみこと》をお祀りしてあるが、当時はうちつづく戦乱のためにどこの神社も荒廃の極に達していた。賤機山の浅間神社などもその例にもれず、秀吉と家康が通りかかった時には、見るかげもなく荒廃していた。

元来、敬神崇祖《けいしんすうそ》の念のあつい秀吉は、このありさまを見るとひどく心を動かして、小田原の陣がおわったら早速この神社を修復し、適当な社領を給するように家康に説いたのである。

家康もむろん、仰せ畏《かしこ》まってそれを承諾したが、さて江戸入国後、なにかと新開地の経営に忙がしくて、ついその方がなおざりになっていた。秀吉の使者は、その点について詰問して来たのである。

「徳川殿には、太閤殿下の御命令をなおざりに致さるると見えるが、これについて、何か言い開きの言葉がござるか」

と、いうのが使者の趣きであった。

これには、家康も、色を失った。事は甚だ小である。しかも、こういう小事のために、わざわざ詰問使を送って来るところに、秀吉の穏かならざる心が汲みとれるのである。使者の趣きによると、暗に城の修築に忙がしくて、神社の修復まで手がまわりかねるのであろうという、皮肉がこめられていた。

ここでうっかり下手な答弁をするとどういう禍《わざわい》が降りかかって来ないものでもない。さすがに沈着な家康も、これにはいささか狼狽《ろうばい》して、ともかくいずれ御返答申上げるからと、いったん使者をかえしたが、さてその後、重臣どもを鳩《あつ》めて非常会議だ。

何人かを京都へ送って、中開きをしなければならぬが、さて、その人選が問題だった。初手から向うが悪意を持っている以上、なまじっか、真正面からぶつかっては却《かえ》って相手の気を悪くさせるばかりである。

こういう使者はまことに難しいもので、巧みに相手の心をほぐさねばならぬ。さて、そういう人物は……と、家康が一同を見渡したとき、おそれながらと膝を進めたのは本多平八郎忠勝だった。

「申上げます。この使者の役目には、矢柄頓兵衛がよろしかろうと存じます」

と、言上したから、一同はあっと驚いたが、そこは深慮遠謀の家康公、それをきくと

はたとばかりに膝を打って、会心の笑みを洩らしたのである。

峠の関所

そういうわけで白羽の矢が俺にあたったわけじゃが、これには俺も驚いたな、何しろお家の浮沈にかかわる一大事、とても自分ごときに勤まる役目ではないと、再三御辞退申上げたが、御主君は笑っておききとどけに相成らぬ。

なに、よいよい、その方が参って殿下のお心が和《やわ》らがねば、誰が参っても無駄なことはわかっている。ともかく参って、その方が思うとおりに申開きを致してくれ、……と、こう仰有るのだ。

なんでまた御主君が、俺《わし》如きものにお目をとめられたのかわからぬが、こう仰せられるとたって御辞退申上げるわけにも参らぬ。そこでやむなくお引受け申上げたが、これ

ここその頓兵衛にとっては一世一代の大役であったな。

使者の役目を仰せつかった頓兵衛は、翌日ただちに出発したが、これがまた至って簡単な装束なのである。

供もつれずに誰一人、草鞋脚袢《わらじきやはん》に身をかためたところは、その頃流行った武者修行といういでたちで、誰が眼にも、これが関八州の運命を、双肩に担った大事な使者とは見えない。

頓兵衛とても、もとよりこの度の使者の役目の重大さは知りすぎるほど知っているが、根が暢気《のんき》なうまれつきなのである。物に屈託することを知らぬ性質だから、いったん肚《はら》を極めてしまうと、あとはもうくよくよしない。

まるで物見遊山にでもいくような調子で、街道筋をのぼっていくと、幾日か泊りをかさねてやって来たのは宇都谷峠《うつのやとうげ》。ぶらりぶらりと登っていくと、峠のてっぺんに坊主がひとり、路傍《ろぼう》に腰をおろして、大きな握り飯をむしゃむしゃと頬張っている。髯むしゃいがくり頭の大坊主で、かたわらにこれ見よがしに鉄棒を横《よこた》えているところは、いかさま一癖ありげな坊主だった。

頓兵衛がそれを横眼に睨みながら、すたすたまえを通りかかると、だしぬけに坊主が横から呼びとめた。

「これこれ、旅の衆、待たっしゃい」

頓兵衛はしかし聞えぬふうで、かまわずまえを通りすぎようとすると、

「これ、待てと申すに待ちおらぬか」

割鐘のような声である。頓兵衛はケロリとして振りかえると、

「はて、待てとは拙者のことか」

「いかにも、ほかに誰もおらぬからには、貴公のことと思わっしゃい」

「はははは、なるほどさようか。そして拙者を呼びとめたのは何か用か」

「用があるから呼びとめたのだ。旅の衆、ここを通りすぎるからには挨拶をしていかっしゃい」

「はて、挨拶とは誰に……」

「誰にとて極まっている。愚僧に挨拶をして参らっしゃい」

「あはっはっは、さようか。それはそれは失礼いたしましたな。御坊、今日はよいお天気でございますな。あはっはっは、御免！」

頓兵衛が笑っていきすぎようとすると、坊主の手からいきなり握り飯がとんだ。

「これ、待たっしゃい」

「まだ、何か用事がござるかな」

「おのれ、憎い奴、貴公、俺《わし》を痴《こけ》にする気か」

「はて、すると拙者の挨拶が気に入りませぬかな」

「おお、気に入らぬ。今日はよいお天気だ、あっはっはとは何事だ」

「はて、これは迷惑な。よいお天気だから、よいお天気と申したまで。あっはっはっ」

「おのれ、そのあっはっはっはが気に入らぬわい。俺が挨拶をして参れと申したには、身ぐるみ脱いでいかっしゃいと申すことだ」

「これはまた異な挨拶だな。身ぐるみ脱ぐと拙者は裸だ」

「おお、裸になって参れと申すのだ」

「これは迷惑な。裸で道中はちと困る」

「それを俺が知ったことか。何んでもよい。このお関所を通りかかったのが百年目だ。大小は申すに及ばず、身ぐるみすっかりおいていかっしゃい」

「なるほど、すると貴公は胡麻の蝿という奴か」

「おのれ、言わせておけば言語同断、斬りとり強盗は戦国の慣《なら》い、それをなんぞや胡麻の蠅とは無礼な奴だ。貴様、この鉄棒が眼に入らぬか」

「あっはっはっは、拙者も盲《めくら》ではない。それが眼に入らずにどうしよう。おいおい、おがらよりはちと重そうだな」

おがらよりはちと重そうだと来たから、さあ、坊主め、おこったのおこらぬの、口から泡を噴いていきり立った。

「おのれ、言わせておけば重々無礼な奴、こうなったら、力づくでも身ぐるみはいで見せるぞ」

ブーンと唸りを生じて鉄棒をふりおろす、これをまともに喰ったら、いかなる豪傑でも木っ葉微塵だ。

ところで頓兵衛、うまれつきいたって、小柄に出来ている。小柄なだけに身も軽い。鉄棒の下をくぐり抜けると、

「坊主、どうした。鉄棒踊りはそれだけか」

「おのれ！」

坊主はいよいよいきり立って、滅多矢鱈《めったやたら》と鉄棒でうちかかるが、そのうちに頓兵衛の

姿が見えなくなった。坊主はしかし、それと気がつかぬ。

盲滅法《めっぽう》、鉄棒をふりまわしているところへ、麓《ふもと》のほうから登って来たのは、これがまた、鬼のような大男だ。顔から胸から腕にいたるまで、針金のような毛が逆立っていようという豪傑。豪傑は坊主の鉄棒踊りを見ると、大口あけてあはははと笑った。

「これこれ、坊主、そんなところで何をしている」

「や！」

坊主ははじめて気がつくと、あっけにとられてあたりを見廻した。

「おのれ、いつの間に来た。そして、さっきのチンピラはどこへ参った」

「チンピラ？　あっはっはっは、貴様が探しているのはあれではないか」

豪傑に指されて振りかえると、傍の松の枝に腰をおろして、頓兵衛、坊主の喰い残した握り飯を、うまそうにむしゃむしゃ頬張っている。

「やっ、おのれ、そんなところにいたか」

「あっはっは、坊主、御馳走様、この握り飯はうまいな」

「う、う、おのれ、おのれ……その握り飯を返せ」

「あっはっは、坊主、何をうなっている。さもしい事を申すな、握り飯ぐらいあいつに呉れてやれ」

豪傑は面白そうに笑っている。坊主はそれをきくと、頭から湯気を立てておこった。

「貴様、ひとのものだと思って気安く申すな。ええ、こうなれば貴様が相手だ」

いきなり鉄棒ふりかぶって、豪傑めがけて打ってかかったから、これには豪傑も烈火のようにおこった。

「この生臭坊主め、理不尽にも程がある。よし、面白い。そっちがその気なら、こっちにも覚悟の程がある。坊主め驚くな」

言ったかと思うと豪傑は、かたわらの松の木に手をかけて、ゆっさゆっさとゆすぶると、やがて、根こそぎこいつをひっこ抜いた。いや、大変な力である。頓兵衛、その間に松の枝からとびおりると、後をも見ずにすたすたと……。

第二の奇難

「おうい、おうい、そこへ参る旅の衆、これ、小さいの、ちと待たっしゃい」

頓兵衛がうしろから呼びとめられたのは、島田の宿へ入る少し手前である。振りかえってみると、宇都谷峠の豪傑だ。汗を拭き拭き追っかけて来る。

「おお、そういう貴公は……」

頓兵衛が笑いながら立ちどまると、豪傑はようやくあとから追いついて、

「貴公は人が悪いな。坊主を拙者にまかせておいて、そのまま逃げてしまうとは、少し狡過《ずるす》ぎるぞ」

豪傑は汗をふきふき笑っている。頓兵衛はことをなげに、

「あっはは、いや、どうも済まん。ちと急ぎの用があるから、後は貴公に一任しておいた。ときに、あの坊主はどう致されたな」

「なあに、とっちめて平あやまりにあやまらせてやった。ああいう奴をそのままにしておいては、旅の者が難渋いたすからな」

「それはそれは……」

頓兵衛はわざと感服したように、

「これにしても、坊主も坊主だが、お手前もたいそうな力だな。その松の大木を、根こそぎひっこ抜いた手際には、拙者もことごとく感服致した」

「あっはは、とんだところをお眼にかけたな。なに、あれしき、児戯《じぎ》に類すること

だ。ときに貴公はこれからいずれへ参らるる」

「さよう、拙者は京都まで参るつもりだ」

別に隠さねばならぬ理由もないから、頓兵衛は正直に答えた。

「ああ、さようか。それは幸い、拙者も同道いたそう」

豪傑はひとり極めに極めて、頓兵衛といっしょに歩いて来る。頓兵衛、いくらか迷惑にかんじたが、別にいなむべき口実もない。やむなく道連れとなって来たのは島田の宿。この宿のさきには大井川があるが、そこでまたひと騒動起った。

大井川には川越人足がいる。かれらは江戸時代を通じて東海道を旅するもののわずらいとなったが、その時分には戦時の余風をうけていっそう気が荒い。

日頃は川越人足をやっているが、いざ戦いがはじまると、忽ち戦場泥棒に早変りしようという連中ばかりだ。

さて、頓兵衛と豪傑が、川のそばまでやって来ると、たちまちバラバラと十数名の人足がそばへやって来た。

「旦那、お渡しいたしましょう」

「おお、渡してくれるか、時に、代はいくらだ」

「へえ、お安く致して参りましょう」

と、豪傑と川越人足は、しばらく駄賃について応待していたが、どういう言葉のいきちがいか、しだいに双方言いつのって来た。

「篦棒《べらぼう》め、ここをどこだと思ってやがる。天下の大井川だぜ。そんなに安く渡せるものか」

「なに、渡せぬ。渡せぬとあらば致し方ない。それではこっちが勝手に渡るばかりだ。連れの衆、参ろう」

言い放って豪傑は、じゃぶじゃぶ川へ入ろうとすると、たちまち十数人の川越人足が、バラバラと二人の周囲を取りまいた。

「ならねえ、ならねえ、自分で勝手に渡るなら、せめて酒代だけでもおいていけ」

「馬鹿を申すな。自分の脚で渡るのに、酒代をおいていく奴があるものか。それ、連れの衆……」

「ええい、面倒だ、それ、やっちまえ」

あらかじめ、用意がしてあったとしか思えない。

川越人足は手に手に棍棒《こんぼう》ふりかぶると、二人をなかに打ってかかったから、これには頓兵衛も驚いた。

「これは理不尽な」

「なにを、おい、みんな、この小っちゃいのからやってしまえ」

「おお」

と、わめいて十数人はいっせいに、頓兵衛めがけて打ってかかる。これには頓兵衛も驚いた。喧嘩の種をまいた豪傑はと見ると、こいつ、磧《かわら》の石に腰をおろして、面白そうに笑っている。

頓兵衛、内心、しまったと思った。どうやら川越人足とあの豪傑のあいだには、あらかじめ打合せがしてあったらしい。なんのために、こういう難題をふっかけて来るのかわからないが、ここでもしものことがあっては、使者の役目に差しつかえる。

咄嗟に思案を定めた頓兵衛、ほどよく川越人足の二、三人をその場に叩きふせると、ざんぶと水の中にとび込んだ。

「やっ、しまった、逃げるぞ」

人足どもは口々に怒鳴りながら、水際へ集まって来たが頓兵衛の姿はそのまま見えない。水を潜《くぐ》ってあとかたもなく……。

頓兵衛女難

「ちょっ、ひどい目にあわせやがった」

頓兵衛が這いあがったのは、大井川の金谷がわ、流れに押し流されたと見えて、だいぶ下りのほうだった。

ずぶ濡れになって磧へ這いあがったが、このままでは道中も出来ない。褌《ふんどし》までずくずくだ。あたりを見ると幸い誰も見えないから、頓兵衛、くるくると着物を脱ぐとまる裸、しきりに衣類をしぼっていると、

「あ、もし」

と、どこかで女の声がした。頓兵衛、驚いてあたりを見ると、向うの石のかげから、若い女が覗いている。

女性はにっこり笑いながら、

「どういう御災難にお会いかは存じませぬが、こっちへおいでなさいまし、焚火《たきび》の用意

が出来ております」

「おお、それは恭《かたじけな》い」

頓兵衛、いくらか極まりが悪かったが、しかし渡りに舟でもあった。何しろ濡れ鼠では道中も出来ぬ。

石の向うへまわってみると、枯木を集めて女が焚火をしているのだった。

「これはこれは……それでは暫時借用致そうかな」

頓兵衛は焚火で衣類を乾かしながら、それとなく相手の女の様子を見るに、年の頃は二十前後、どこかにきりりとしたところがあって、身のとりなしにも、この辺の女とは思えないところがある。

「お女中」

「はい」

「つかぬ事を尋ねるが、おまえはこの近所のものかな」

「いいえ、わたしは旅の者でございます」

「旅の者……一人でかえ」

「はい、仔細あって一人旅をするものでございます。もしお武家様」

「袖すりあうも他生の縁とやら申します。ここでお眼にかかりましたのも、何かの引合せでございましょう。まことに申しかねますが、これから先、一緒にお連れ下さいますまいか」

「なんじゃな」

「一緒に……して、お女中はいずれへ参らるる」

「はい、京都まで参ります」

どうも、話が少し変だった。あの豪傑の手をのがれると、ここにまた、京都まで一緒につれていってくれという女がいる。

さすがに暢気な頓兵衛も、心中いささか怪しんだが、さりとても焚火の手前むげにことわることもなりかねた。

「決してお迷惑はおかけ致しませぬ。ただ、おそばへおいて下されば、わたしも安心して旅をつづけることが出来まする。まげておききとどけ下さいまし」

しおらしく絡みつかれて、

「そうじゃな、参りたくば一緒に参ってもよい」

「それでは御承引下さいますか、有難うございます」

そのうちに衣類も乾いたから、そこで二人はいよいよ一緒に、旅をつづけることになったが、さて、この女がうわべは至極しおらしい顔をしていながら、また大変な奴なのである。

たとえ五十貫の鉄棒を振りまわす坊主でも、松の大木を根こそぎ引っこ抜く豪傑でも、少しも恐れぬ頓兵衛だが、この女の素振りばかりには、すっかり辟易《へきえき》してしまった。

「南無阿弥陀仏、南無阿弥陀仏」

と、毎晩蒲団を頭からひっかぶって寝たものだが、こうして泊り泊りを重ねてやって来たのが草津の宿、ここまで来ると京都はもう鼻の先である。

ところが、その夜。例によって女と隣り同志の部屋に眠っていた頓兵衛、真夜中ごろ女の叫びで眼をさました。

「あれ、誰か来てえ」

ただならぬ女の悲鳴に、頓兵衛が驚いて寝間着のままでかけつけると、女はあわてた恰好で蒲団のうえに起き直っている。

「お女中、いかが致した」

頓兵衛がそばへ寄って女の肩に手をかけると、

「あれえ、何をなさいます、誰か来てえ！」

女はいよいよ声を張りあげた。と、同時に近所の部屋からバラバラと現れたのは数名の泊り客、不思議にみんな武士だった。女はそれを見ると、いよいよ髪をふり乱して、

「皆様、お助け下さいまし。この武家様が……」

と、憎々しげな眼差しで、頓兵衛の顔を睨んだから、これにはさすがの頓兵衛も、思わずあっと驚いたが、咄嗟《とっさ》の機転、急いで行燈《あんどん》の灯を吹き消した。

その闇の中で、

「不埒《ふらち》な奴だ。それ、ひっ捕って簀巻《すまき》にしろ」

口々に罵る声の下をぐり抜けて、頓兵衛、隣の部屋へとってかえすと、衣類大小ひっかかえて、あとをも見ずに一目散、ほうほうの態《てい》で宿屋から逃げ出していた。

三人牒者《ちょうじゃ》

「徳川殿のお使者とはその方か」

ここは聚楽《じゅらく》の御殿だった。

正面には太閤殿下、その左右には豊臣恩顧の大名が、綺羅星《きらぼし》の如くいならんでいる。

頓兵衛はそのまえに平蜘蛛のように平伏していた。

「はっ、主君家康より使者、矢柄頓兵衛でござりまする」

「ふむ、その頓兵衛がいかなる口上を持って参った。この度のこと、徳川殿には何か言いわけがあるか」

「さればでございます。主君家康、決して殿下の御命令をなおざりに致すわけではございませぬが、何を申すも手許不如意故《てもとふにょいゆえ》……」

言ってから頓兵衛、しまったと思った。日頃から貧乏暮しの矢柄頓兵衛、やり慣れている借金の言いわけの口上がつい口の先に出たのである。

果していならぶ大名たち、これをきくとどっとばかりに笑った。秀吉もおかしさをこらえた顔で、

「あっはっは、これは面白い。徳川殿がそれほどお手許不如意とは思いもよらなかった。たかが神社の修復にも、お困りになる状態か」

「はっ、さようで」

「黙らっしゃい」

その時、横から口を出したのは石田三成だ。

「それほど手許不如意の徳川殿が、城の修築には費用を吝《お》しまぬと承る。これはいかなる儀でござる」

「これはまた意外なお咎《とが》めを蒙るもの哉《かな》」

頓兵衛もこうなると度胸が据る。開き直って、

「おそれながら殿下がわが君を関東へ封じ給うたは、東北への備《そなえ》と存じ奉ります。さすれば城の構えを厳重に致し、東北への押えを固くするは、これひとえに殿下への忠義、もし殿下にして奥羽《おうう》征伐あそばさるる際はまっさきかけて出陣せねばならぬわが家中、されば、手許不如意の中をも押して、城の修築に励みまする。もし、それをしもお疑いならば、わたくしこの場で腹を掻き切って……」

と、頓兵衛矢庭《やにわ》に双肌《もろはだ》ぬいだから、これには並いる大名も驚いた。

「これ、控えろ、ここをいずくと心得る」

口々にとがめる中を、太閤だけはまじろぎもせず、頓兵衛の体を眺めている。その頓兵衛の体には縦横無数の槍傷刀傷だ。

「これ、頓兵衛とやら」

「は」

「見事な傷じゃな」

「恐入ります」

「いや、何も恐入ることはないぞ、武士の誉《ほまれ》の戦場傷……頓兵衛、その方はいったい禄《ろく》石《こく》いくらじゃ」

「えっ？　禄高でございますか」

「さようじゃ。その傷ひとつが千石と致しても、三万石は下るまいの」

「殿下にはさよう思召しでございますか」

「思う思わぬもない。それだけの値打ちがあろう」

「恐れながら申し上げます。私、禄高は三百石にござります」

「なに、三百石？　それは少ない」

「もって主君家康の手許不如意、お察し下されとう存じまする」

ここぞとばかりに頓兵衛が、大音声に言上したから、太閤殿下は思わず吹き出してしまわれたのである。

「あっはっは、面白い奴。よいよい。それではこの度のこと、不問に附して仕わそう。時に頓兵衛、その方に会わせてやりたい者がある、それ、次ぎにひかえている者共、これへ参って頓兵衛に挨拶いたせ」

言下にその場へ現れた三人の姿を見て、頓兵衛もあっと驚いた。道中であった坊主に豪傑に奇怪な娘——いや、娘と思ったのは水の垂れるようなお小姓だった。

「あっはっはっは」

太閤殿下は大口あけて笑いながら、

「何んと頓兵衛、驚いたか。この度の使者の役、小身者のその方に下ったときいた故、いったいどのような男であろうと、みちみちあの三人にためさせた。いや、胆もすわっているが志操も堅固、徳川殿にはよい家来をもたれたな」

「……と、そういうわけで上々首尾、幸い何んのお咎《とが》めも蒙らなかったが、なに、あの三人が、殿下のまわし者であることぐらいは、最初から俺も知っていたのじゃ。それを知らぬ顔で驚いてみせたところに、俺の手があったのじゃよ。あっはっはっ」

話し終った頓兵衛老人の笑いは、いつものように明るく豪快だった。

相撲武士道

陣中草相撲

「さあ、今日はいよいよ関が原、俗にいう天下分目の大合戦じゃ」

と、じろりと一座を睥睨《へいげい》したのは、いわずと知れたお馴染みの幕臣。矢柄頓兵衛だ。矢柄頓兵衛正勝、寛永十一年をもって七十七歳、いわゆる喜寿の齢《よわい》を重ねたが、ちかごろつらつら世のありさまを見わたすに、武士の柔弱、旗本の墜落、とかく慨かわしいことのみ多い。そこで一門八十余名を、おりにふれ、わが家に集めては、語ってきかせる戦場話――。

これは必ずしも己が功名を語ってきかせて、他に誇ろうというのではなく、泰平に狎《な》れた当世の子弟に、元亀大正の武士精神を鼓吹《こすい》しようというのが本願である。

さて、きょうは恰《あたか》もよし、かの関が原において天下分目の大合戦が行われた、九月十五日にあたるから、語るほうも聞くほうも、ひとしお力瘤《こぶ》が入ろうというものである。

「さても、わが君家康公が江戸をたって西上あそばされたのは、慶長五年九月一日のこと。それより早く七月十九日には、石田三成《いしだみつなり》挙兵の報が、すでに江戸へ入っているのに、どうしてわが君が九月まで、動こうとあそばされなかったかと申すに、ここが権現様のお偉いところで」

当時の天下の形勢を見渡すに、これまことに複雑である。秀吉薨《こう》ずといえども、いまだ恩顧の諸将健在で、それらの向背《こうはい》計りがたい。

もっとも福島正則《ふくしままさのり》、浅野幸長《あさのゆきなが》、加藤嘉明《かとうよしあき》、細川忠興《ほそかわただおき》など、かねてより石田三成と快からざる輩は、家康において、太閤殿下遺命のごとく、秀頼の身のうえを保証するにおいては、欣《よろこ》んで加担仕ろうと誓えるものもあったが、果してそれらの盟約が、最後のどたん場まで守られるものであるかどうか、まことに危いものである。

思えば戦国時代の諸将の誓いほど、世にあてにならぬものはなく、家康自身がそんな誓いなど、いつでも反古《ほご》にするつもりだから、それだけに諸将の誓いも当てにはできない。

さりとて、石田三成、小西幸長《こにしゆきなが》を盟主とする西国の勢い日に熾《さか》んなるを視ては、捨てはおけぬ。

そこで八月にいたって家康は、井伊直政《いいなおまさ》、本多忠勝《ほんだただかつ》ら肱股《ここう》の臣に手勢を授け、これを先鋒として、福島正則の居城、美濃の清洲城に赴かしめた。

「この時、俺《わし》は四十三歳、男盛り働き盛りじゃ。主君の命によって本多平八郎の手にしたがい、美濃の清洲城へ入ったのが八月はじめ。このうえは一刻も速《すみや》かに、わが君の御出馬を請わねばならぬところじゃが、それには何んと申しても、福島正則殿、黒田長政殿ら、豊臣恩顧の大名が、進んで西軍を破り、わが君に対して二心なきことを示さねばならぬとあって、八月下旬、いよいよ清洲の諸将は軍を出した。さあ、俺の物語はこれからじゃて」

福島正則、黒田長政らは、日頃から石田三成に対して快く思っていない。さればこの機会において三成を滅ぼしてしまうという心構えだが、何んといっても豊臣恩顧の身であって見れば、家康の猜疑《さいぎ》もまたひとしお。そこで、家康の疑いを解くためには、身をもって西軍を破らねばならぬとあって、八月二十二日、先ず美濃の竹ヶ鼻を屠《ほふ》り、翌二十三日には岐阜城を攻めてこれを陥れ、更に犬山を降し、今渡に小西行長の軍を破り赤坂に至って、ここに西軍の主力と相対することとなった。

　こうなっては、さすがに用心深い家康も、遅疑《ちぎ》してはいられない。九月一日いよいよ江戸を立って、十二日には清洲に着き、十四日には赤坂の前線において、西軍と相見える事になったが、話はそれより少し以前、家康が到着するまでのことである。


　竹ヶ鼻、岐阜、犬山と矢つぎばやに敵の諸城を陥れ、案外たやすく行長の軍を走らせた清洲の将士は、いまや将に意気衝天の勢いである。かてて加えて、家康いよいよ江戸を出発するという報告が入ったから、東軍の先鋒は戦わざるにすでに敵を呑む勢いだ。

　戦線整備のひまひまにも士気を鼓舞するために、いろいろな催しごとが行れる。本多平八郎の軍は、いままで督戦隊のごとき地位に立っていたが、いよいよ主君家康公到着のあかつきは、まっさきかけて奮闘せねばならぬとあって、陣中士気鼓舞のため、草相撲というのが行われた。

「いや。いま思い出しても腕が鳴るわ。天下分目《てんかわけめ》の大戦を目前にひかえて、大将も兵卒も褌《ふんどし》一本になっての陣中相撲。面白かったたな。その頃の武士には、生死をまえにひかえても、それだけの余裕があったものじゃ」

矢柄頓兵衛正勝、うまれつきこんなことが大好きである。

「さあ、みんなやれやれ。俺が行司《ぎょうじ》になってやる。無礼講の陣中相撲じゃ。相手が大将であろうが、頭であろうが遠慮はいらぬぞ。皮切りは誰だ。おお、鵜藤に神崎か。よしよし。俺がいま呼び出してやるから待っていろ」

頓兵衛、もう少し若ければ、自ら土俵で四股《しこ》を踏みたいところだが、四十三という年齢には勝てない。若いものに花を持たせて、自らは呼び出しと行司を一手に引き受け、土俵のまわりを跳びまわっている。

裸一貫の力くらべと、戦場の駈け引きとでは自らおもむきの異るものがある。千軍万馬の侍大将でも、名もなき雑兵《ぞうひょう》の手にかかって、ころりと土俵の土を嘗めさせられる。

「こん畜生、いまいましいやつだ」

と、憤《おこ》ってみても、最初から無礼講とことわってあるからどうにもならない。

「待った待った。いまのはちょっと俺の油断だ。第一、足を取るなどという法はない。さあ、もう一丁来い」

などと、負けたのが痩せ我慢を張っていると、

「これこれ、どうしたのじゃ。負けたやつはさっさと土俵をおりなさい。足取りであろうがなんであろうが、土俵を先にとび出した奴が負け。さあ、おつぎ」

と、行司の頓兵衛、なかなか容赦はしない。こうして、番数も進み、陣中われを忘れて草相撲に打ち興じていたが、その時だった。

にわかに向うの方が騒々しくなったと思うと、物見の足軽が五、六人、よってたかって引き立てて来たのはひとりの若者だ。

家来志願

「これこれ。どうした。何をそのように騒いでいるのだ」

頓兵衛が軍配を持ったまま向き直ると、

「申し上げます。怪しいやつでございます」

「何、怪しいやつ?」

「さようで。こやつさきほどより陣所《じんしょ》のまわりをうろうろ致しております故、それとなく様子をうかがっておりますと、矢来《やらい》のすきより忍び込もうと致しましたので」

見ると若者というのは、年の頃は十八、九、まだ前髪の、子供っ気の抜け切らない顔をしているが、体を見ると実に立派だ。豊かに肉づいた四肢は伸々として、肩のあたり隆々たる筋肉が盛りあがっている。姿を見ると、このへんの土民と見えて、裾の切れた布子の着物に、縄の帯をしめ、素足に尻切れ草履《ぞうり》をはいている。悪びれもせずに、きょとんと立っているところは、別に深い企みがあるようにも見えない。

「これこれ、若者」

頓兵衛が声をかけると、

「へえ」

と、それでもその場に片膝ついた。

「その方、何用あって、陣所のまわりを徘徊致しておった」

「へえ」

「見ればこのあたりの土民の子倅とおぼゆるが、いま合戦がはじまろうという際、陣所のまわりを徘徊致すはきっと深い仔細があろう。包まずこれに申して見よ」

若者は訝しそうに、頓兵衛の顔を眺めていたが、案外穏やかな相手の言葉に、いくらか安心したものか、

「へえ、お疑いは御尤《ごもっと》もでございますが、決して怪しいものではございませぬ。お勇ましいお侍様がたの、出陣のお支度が拝見したくて、ついうかうかと……」

「なに、われわれの勇ましい様子を見たくて参ったと申すか」

「へえ、さようでございます」

「申し上げます」

その時、足軽のひとりが言葉をはさんだ。

「出陣の用意が見たくば、遠くはなれても見ゆる筈、それをこやつ、陣所の幄《まく》の隙間より様子ありげに中を覗いておりましたのは、てっきり敵の間者《かんじゃ》に相違ございませぬ」

「ああ、もし、そのような滅相なこと……」

「ふむ、幄の外より隙見を致しておったとは容易ならぬ。これ、若者、きっとそれに違いないか」

「はい、それに違いございませぬが、敵の間者だなどと、そのような怪しいものではございませぬ」

「しからば、何用あって陣中の隙見を致した。この陣中に知人でもあると申すか」

「いえ、さようではございませぬ。ちかく大戦があるときき、ついうかうかとここまで参りますと、幄の中で勇ましい相撲の掛声、それで思わず中を覗いたのでございます」

「何、相撲の声をきいた故、それで中を覗いたと申すか」

「さようでございます。私は大之助と申しまして、村の草相撲ではいつも大関をとっておりましたもの。相撲ときくとつい懐しくて、中を覗いておりましたが……」

「中を覗いておりましたが？……」

「どなた様も、いやもう、から下手の、から弱の、つい呆れ果ててうかうかと眺めておりました」

と、来たから、さあ、憤《おこ》ったの憤らぬの、側で聞いていた陣中草相撲の自称横綱大関連中、カンカンになって憤り立った。

「こやつが、こやつが、黙ってきいていればよい気になって、どなた様もから下手のから弱とは……言うたな言うたな。矢柄様、頓兵衛殿、お手前これを黙って聞きのがされる気か」

「あははははっはっ」

「あはっはっはではござらぬ。武士たるものが、このような土民の子伜に嘲られ、このまま黙ってひっこんではおられぬ。のう、かたがた」

「そうとも、そうとも、あまり言えばあまりの雑言、この拙者をつかまえて、から下手のから弱とは……ウーム」

「あっはっは、まあよいよい、神崎、そう口から泡を吹いてもはじまらぬて。こやつの申すに嘘はない。この頓兵衛さえさきほどより、おのおの方の相撲を見て、あまりの弱さに呆れ果てて、ついうかうかと眺めておりましたじゃ。あっはっはっは」

頓兵衛いかにも嬉しそうに笑いながら、さて改めて若者の方へ向き直ると、

「これ、若者」

「へえ」

「その方、土民の子倅にも似合わぬ、口幅《くちはば》ったいこと申すが、そう申すからにはすでに覚悟ができおろうな」

「へえ、覚悟と申しますと」

「されば、お前の言葉をきいて、お歴々がこのように憤り立ってござるわ。どうでもひとつその方が相撲をとって、お歴々にじきじきに、から下手のから弱というところをお教えせねばならぬところじゃ。どうだ、その方やる気があるか」

きいてにっこり、若者はうち笑むと、

「これは面白うございます。相手にとってはいささか不足ではございますが」

「こやつが、こやつが、言わせておけば放図もない。おのおの方、なにさ、お手前がたはお支度には及ばん。この神崎が土俵の砂に埋めて、高慢の首根っこを叩き折ってごらんに入れるわ」


一番に土俵のうえへとびあがったのは神崎甚之丞という人物、さきほどより三人ばかり抜いて、すっかり気をよくしていたところを、から下手のから弱と来たから、頭からモヤモヤ湯気を立てている。

若者はこの様子を見ると、にっこり笑ってするすると縄の帯を解くと、着物をぬいで褌一本の赤裸、頓兵衛その体を見ると、思わずあっと感歎した。

いや、素晴らしい体だ。豊かな肉つきにいささかの無理もなく、腰がしまって、胸が厚く、しかも全身、蚤の喰口もない肌は、絖《なめ》のように白く冴えて、いやもう全くほれぼれとするような体つきだ。

頓兵衛思わずウーンと唸ったが、さても、この大之助の強いこと、強いこと。泡を吹いて勢い立ったかいもなく、神崎甚之丞がころりとやられたのを手はじめに、出るかたっぱしから薙《な》ぎ倒され、見事全滅の悲運に立ち到ったから、さあ、こうなると頓兵衛も黙ってはいられない。

「さても、さても。さすがは口程だけあって味をやりおる。よし、こうなったら俺が相手」

と、くるくると着物をぬぐや、土俵のうえにとびあがったから、これには大之助も驚いた。そりゃそうでしょう。行司から相撲取りに早変りする相撲なんて、およそいままで聞いたことがない。

「へえ、それでは今度は旦那が相手で」

大之助、相変らずにこにこしている。いや、それがまた小面憎《こづらにく》いので、

「いかにも、俺が相手だ。だが、大之助とやら。いっておくがな。柄は小さくてもこの頓兵衛、そんじょそこらの連中とちがって、千軍万馬のこの体は筋金入りじゃ、血嘔吐《ちへど》を吐いて死んでも後悔するな」

なるほど、柄は小そうてもこの頓兵衛、舌だけは筋金入りに出来ている。

「いや、よろしうございます。土俵のうえの怪我に根を持つような私ではございませぬ。しかし、旦那様、こうして皆様のお相手をして、最後に旦那と相撲《すま》うからには、こ

こにひとつお願いがございます」

「なに、願いとは、どういうことじゃ。俺の威勢に恐れて降参すると申すか」

「いえ、さようではございませぬ。今度私が勝ちましたら、ひとつ旦那の御家来にして戴きたいので」

「俺の家来に？」

「さようで。武士になりたくて先ほどより、このあたりを徘徊しておりましたこの大之助、旦那を見込んでお願い致します。ひとつ御家来にしておくんなさいまし」

「よし、面白い。それでは遠慮なく参れ」

と、負けぬ気の頓兵衛、ただ、ひとつきとばかりに突いてかかったが、その利腕《ききうで》を逆にとられた……と、いうところまで覚えているが、さて、その後がいけない。

突如くるくると世界が宙に回転したかと思うと、頓兵衛、見事に虚空に差上げられている自分を発見したことである。

「うわっはっはっは、こいつはいけない」

「旦那、いかがでございます。私を御家来にして下さいますか、それが厭なら……」

「それが厭なら……？」

「土俵の外へ、頭から叩きつけてぶち殺すまで」

「てへへへ、わかった。わかった。家来にする。するよ。するよ」

大変、妙な取引もあったもので、頓兵衛見事に相手に負けたかわりに、大之助という家来を召しかかえる破目に立ち至った。

大之助悲願

「さても、関ヶ原の戦の幕が切って落されたのは、九月十五日の明方ごろであったが、何しろ敵には内通者多く、まず大谷吉継打死なし、島津義弘は多良より近江《おうみ》へ走り、泉州堺より船に乗り、いち速く薩摩に引きあげる始末、さしも御主君、家康公を悩まし奉った天下分目の戦も、昼過ぎには勝敗の数歴然西軍は総崩れとなって、見事に東軍の勝ちに帰したのじゃが……」

この関ヶ原の戦の勝敗については、戦略上からいってもいろいろと議論があろうが、何んといっても一番物をいったのは両軍の兵力だった。

東軍の兵力九万に対し、西軍の兵力八万といわれ、その差あまり大きくないように思われるが、実際において、西軍中には叛逆者多く、戦争に加わったのは四万内外であったろう。中でも大きく響いたのは小早川秀秋の裏切で、これが西軍の命取りとなった。

それはさておき、この合戦ではじめて家来を引き連れて打って出た頓兵衛、いや、もう大張切りである。

家来というのはほかでもない。あの草相撲に負けた結果、手に入れた大之助だが、これがまた、まことに気立てのよい若者で。

いよいよ頓兵衛の家来ときまると、

「旦那様、旦那様」

と、犬が主人を慕うごとく、またそのまめやかな事といったら、かゆいところへ手がとどくというほどである。これには頓兵衛も大喜びで、大之助、大之助と、眼の中へ入れても痛くないほどの可愛がりよう。唯、残念なのは、この若者の素性がはっきりしないことだが、しかし、戦国の世にはそんなことをあまり詮索する者はない。何しろ草履取りから天下取りが出る時代だから、頓兵衛も深くは怪しまず、またなき者と可愛がっている。その可愛い家来の大之助にとって、いよいよこれが初陣《ういじん》ということになったのだから、頓兵衛が夢中になるのも無理はない。

いよいよ、明日が天下分目の戦いという前日。

「これ、これ、大之助」

「へえ、旦那、何んでございます」

「いよいよ、明日は合戦だ。そちにとっては初陣じゃの」

「へえ、さようでございます」

「貴様、気分はどうじゃ。何んともないか」

「へえ、別に……」

「武者慄《むしゃぶる》いがするとか、手脚がすくむというような事はないか」

「へえ、そんなことはないようです」

大之助、いたってケロリとしているが、頓兵衛はもう心配で仕方がない。

「はっはっは。貴様、まだ合戦というものを知らぬから、そのように暢気《のんき》にかまえているが、これがいよいよ戦場へ打って出たらそういうわけにはいかぬぞ。土俵のうえの勝負とかわり、命を的の一六勝負だ。その場に及んで臆病風に吹かれ、物笑いの種となるなよ」

「へえ、かしこまりました」

大之助は主人の心配をどこ吹く風という顔付きだったが、何を思ったのかふと居住いを直して、

「旦那、ひとつお訊ねいたしたいことがございます」

「なんじゃ、俺に訊ねることというのは？」

「さればでございます。明日はいよいよ石田の軍と渡りあうのでございますね」

「そうじゃ。覘《ねら》う敵は唯一人、その石田三成じゃ」

「うまく、石田の軍にぶつかることが出来ましょうか」

「それはわからぬ。しかし、なるべくならぶつかりたいものじゃな」

「その石田の家来に、山縣八郎太夫《やまがたはちろうだゆう》というお侍のいるのを旦那は御存じありませぬかえ」

「山縣八郎太夫……？」

頓兵衛は怪しむように大之助を眺めながら、

「ふむ、名前だけは存じておる。もとは明智の家来であったのを、惟任殿没落の後、浪々致していたところを石田三成が拾いあげたということだ。貴様の訊ねるのはその八

郎太夫のことか」

「へえ、それでございます。その山縣八郎太夫も、今度の合戦に出ましょうか」

「それはもちろん出るであろう。しかし、貴様、どうしてそのようなことを訊ねるのじゃ。貴様、山縣八郎太夫という男を存じているのか」

「いえ、なに、別に……」

大之助はそのまま言葉を濁してしまったが、その顔色には何んとやら、容易ならぬ決心が見えるようであった。

頓兵衛もその顔色を見ると、ふとこころ安からぬものを感じたが、押しても問はない。何しろ明日の合戦の準備に、急がしかったのである。

そして、今日……

犬侍成敗

鯨波《とき》の声。

大砲《おおづつ》の響。

流弾しきりに乱れとんで、血潮の河の流れる中を、頓兵衛はさきほどより夢中になって、可愛い家来を探し求めていた。

「大之助やあい。大之助はいずこへ参った」

総崩れになって落ちいく敵が、それでも行きがけの駄賃とばかりに打ち出す弾丸の中を、頓兵衛は汗と血にまみれながら、

「大之助やあい、大之助はおらぬか」

と、血眼《ちまなこ》になっている。

おりおり流弾が頬をかすめて、綿をちぎったような煙が、フワリとあちこちに立ちあがるのは、味方が敵に最期のとどめを刺すために、打ち出す大砲であったろう。

「大之助やあい。大之助はいずくぞ。大之助やあい」

「おお、そこへ参るのは矢柄ではないか」

硝煙《しょうえん》の中から、だしぬけに声をかけられ、

「おお、そういう貴公は服部か。ここで遇うたはちょうど幸い、ちと貴公に訊ねたいことがある」

「はて、訊ねたいことというのは？」

「貴公、拙者の家来を知らぬか。拙者の家来の大之助を知らぬか」

「おお、あの相撲取りの大之助か。あいつならさきほど、総崩れになって落ちいく石田の軍を追っかけて参ったようだ」

「なに、石田の軍を？」

「さよう、長追いするなと声をかけたが、きゃつめ夢中だ。血眼になって駈けていったようであった」

「おお、さようか。忝《かたじけな》い。それでは御免」

頓兵衛が槍をかいこみ駈け出そうとするのを、服部が呼びとめて、

「これこれ矢柄、いずこへ参る。戦いは、味方の大勝利ときまった。深追いして、敵の術中に陥るなと君のお言葉だぞ」

「それはわかっている。しかし、俺は家来のものを探さねばならぬ。服部、貴公、ひとあしさきに帰ったら、御前によろしくとりなしておいてくれ」

頓兵衛はそれだけの言葉を残すと、はやまっしぐらに硝煙の中へかけこんでいた。

さて、頓兵衛がこれほど気を揉んでいる当の家来の大之助はどうしたかというに。

……

ここは関ヶ原の戦場から、少しはなれた小さい村だ。

総崩れになって落ちていく敵が、火を放ったと見えて、焔々と燃えあがる村のはずれに、百姓家の物置きが唯一軒。ここばかりは火元からはなれているので、まだ燃え残っている中に、武士がひとり、脛《すね》の傷の手当てをしている。どうやら西軍の武士らしい。

やがて、手当てをしてしまうと、二、三度足を踏みしめてみて、

「これでよし」

と、呟きながら、腰から瓢《ひさご》を取り出した。盃にうけて一口飲むと、

「ああ、うまい」

と、舌打ちしながら、

「どうだ、小僧、貴様にもいっぱい飲ましてやろうか」

毒々しい笑いをうかべながら、物置きの天井を振りかえる。と、ああ、どうだろう。そこにはひとりの若者が、括《くく》り猿のように手脚をしばられ、薄暗い天井の梁《はり》から、逆さに吊らされているのだった。

若者というのはほかでもない。頓兵衛にとっては大事の家来の大之助だ。

大之助は無言のまま、きっと唇をかみしめている。蒼白んだ頬のあたりに、一筋す

うっと血のにじんでいるのも痛々しい。

「あっはっは。口惜しいか。残念なのか」

武士はいよいよ毒々しくあざ嗤《わら》いながら、

「因縁だなあ。貴様の親爺の柚木権三郎《ゆきごんざぶろう》も、この山縣八郎太夫の手にかかって相果てた。そして、いままたその息子の、大之助が俺の手にかかるというのは、これよくよくの悪因縁だなあ」

この男こそ、大之助が探していた石田の家来、山縣八郎太夫なのだ。そして、大之助は戦場で、首尾よく八郎太夫にめぐりあったものの、不幸、敵の術中に陥って、いまこうして逆さ吊りの憂目にあっていると見える。八郎太夫は、ちびりちびりと盃を舐めながら、

「それにしても、この八郎太夫も不運な男よ。最初の主君の惟任日向守は、いったん天下を取ったものの、三日天下の笑いを残して敢なく没落。さて、二度の主君の石田治部少輔《いしだちぶしょうゆう》はこのていたらく、どうで、この俺には日は照らぬと見ゆる」

「山縣八郎太夫、それをいまその方さとったか」

「何を！」

「貴様のような不義非道な男に、なんで日の照る道理があろう。わが父、柚木権三郎が主君日向守殿の逆心をお諫《いさ》め申上げたのを、そちが邪魔にして討ち果したとやら。それもよい。それほど主君思いのその方なら、何故山崎の合戦で討死せぬ。それを生きのび、石田づれの家臣となり、またもや主君をそそのかし、天下を覘《ねら》わせる大逆臣、不忠非道の武士とはその方のことだ」

「はてさて、曳かれものの小唄とやら、小賢《こざか》しいことを申すやつ哉。よいわ、よいわ。いまのうちに、存分頬げた叩いておけ。いまに舌の根も動かぬようにしてやるわ」

八郎太夫は、大瓢《おおふくべ》をかたむけて、しきりに酒を呷《あお》っている。何しろ朝からの戦いで、腹はすっかり減っている。そこへもって来て冷酒をぐいぐい呷ったのだから耐らない。たちまち酔いが全身にまわって、両眼が物凄く血走って来た。

八郎太夫、やがてからりと瓢を捨てると、

「さあ、酒もこれでおしまいだ。小僧、その方いま何んとか申したな。拙者のような人間に、日の照る道理はないと言ったな。はっはっはっは」

八郎太夫は、咽喉《のど》の奥で物凄く笑うと、

「日の照るか、照らぬか草葉のかげから見ていろよ。俺はどうも、いままで主君を選ぶのに、見当ちがいを重ねていたのだ。だが、三度目の正直ということがある。今度こそ立派な主取りをして、立身出世をするつもりだ」

「ふっふっふ」

大之助は、苦しいうちにも嘲笑をあびせた。

「何んで、貴様のような奴を召し抱える者があるものか」

「ないか、はっはっは、だが、俺はきっと抱えられて見せる。今度の主君は家康公だ」

「なに？」

「はっはっは、驚いたか、石田の家来のこの俺が、家康殿に召しかかえられる道理がないと申すのか。ところがその道理があるから不思議だ」

「その道理とは？」

「石田治部少輔の首を土産にするのよ」

「なに？」

「どうだ、驚いたか。家康公にとっては石田治部少輔こそ憎い敵だ。その憎い治部少輔が、いま隠れているところを俺は知っている。そこへ参って首にして、これを土産に家康公に仕えるつもりだ。どうだ、小僧、驚いたか」

と、八郎太夫がふてぶてしく嘲笑《あざわら》った、ちょうどこの時である。

「いや、その仕官は主君に代り、この頓兵衛が真平ことわる」

思いがけない男の声に、いままで夢中になってしゃべっていた八郎太夫、

「あっ、おのれ！」

と、ばかり振りかえったが、その鼻先にぬっとばかりに突っ立った矢柄頓兵衛、

「不忠不義の山縣八郎太夫、おのれのような犬侍は、石田治部少輔どのになり代り、この矢柄頓兵衛が成敗してくれるわ。大之助、気遣い致すな。いまその方の助太刀してきっと敵を討って取らせる」

頓兵衛はそこで、粒々《りゆうりゆう》と槍をしごいたのである。

「関ヶ原の戦で、一敗地に塗れた石田三成が武運拙《つたな》く捕われの身となったのは、それから間もなくのことだった。もちろん、正義の槍は神々も照覧あれじゃ。この頓兵衛の助太刀で、首尾よく大之助に本懐をとげさせてやったのじゃが、関ヶ原の戦いで武運拙く一敗地に塗《まみ》れた石田三成が、それから間もなく捕われの身になったについては、八郎

太夫の首討っ前に口を割らせたわれら両人のかくれた手柄も、一役買っているというもの。それにつけても、のう、一同のもの、不倶戴天《ふぐたいてん》の父の仇を討たんため、頓兵衛の家来とまでなって艱難辛苦《かんなんしんく》、ついに天晴《あっぱ》れ戦場で本望を達した大之助の魂こそ、まこと戦国武者の鑑《かがみ》とも申すべきもの、その大之助こそ後に本多平八郎殿に推挙《すいきょ》して忠勤をはげみ、今日正客としてここに招いたこの柚木殿なのじゃ」

と、頓兵衛老人は、明朗豁達《めいろうかったつ》な高笑いと共に、それまで次の間に控えていた赭顔矍鑠《しゃがんかくしゃく》たる老武士を招き呼んだ。

仲人《なこうど》武士道

真田丸

「人間、なにが怖いといって、金もいらねば命もいらぬという連中ほど、世のなかに怖いものはないな」

と、例によって例のごとく、幕臣矢柄頓兵衛の戦場話。

この「矢柄頓兵衛戦場噺」も、回を重ねることすでに十一回、されば、かつての日十六歳の紅顔で、はなばなしい初陣《ういじん》の手柄をたてた頓兵衛も、今回の物語ではは や、小鬢《こびん》に白いもののまじる五十七歳。

これが泰平の御代ならば、さしづめ炬燵《こたつ》にでもあたって、孫のお守りをしていようという年頃だが、なかなかどうしてこの頓兵衛、戦国の世に人となり、生涯を硝煙弾雨のなかに送るべく、運命づけられたからだと見えていまもって戦場から縁が切れない。

それがまた、御当人の性分にもあっているというわけで、この度は慶長十九年、世にいう大坂冬の陣の思い出話だ。

さても頓兵衛、例によって例のごとく一門八十余名を睥睨《へいげい》すると、おもむろに口をひらいて語るよう。

「却説《さて》——慶長五年、関ヶ原の合戦で、わが君が大勝利を得られてからというものは、誰が眼にも天下の形勢は定まっておったな。大坂に豊臣秀頼おはしますとは申せ、これはもう一諸侯ぐらいの格式しかない。慶長八年には、わが君が将軍職に補せられ給い、ついで十年には秀忠公にその職を譲られた。

こうなっては、秀頼公あってなきがごとく、世は徳川のものと定まったが、これを憤《いきどお》って淀殿がいよいよ関東と手切れの決心も固く、糧米を収め大坂に兵をかりもよおしたのが慶長十九年の秋十月じゃが、この勝負ははじめからわかっていた。淀殿や大野治長がいかにあせったところで、所詮は蟷螂《とうろう》の斧じゃ、現に淀殿の召に応じて馳せ参じたのは、いずれも浪人に毛の生えたような連中ばかり、封邑《ほうゆう》をもった大名はひとりもなかった。

ところがじゃ。ええか、皆の者、よく聞けよ。それにも拘わらずこの冬の陣で、わが軍が何故あのように手古摺《てこず》ったか、なぜひと揉みに大坂城を揉みつぶしてしまう事が出来ないで、いったん和睦《わぼく》というような、苦肉の策に出なければならなかったか。——そこじゃよ、俺がはじめにいった言葉は……なあ、世の中に何が怖いといって、金もいらねば命もいらぬという連中ほど怖いものはないとな。

その時、大坂城へ集まったもののうち、なかには利に動かされた男もあったろうが、また一方には真田とその一党のごとく、金もいらねば命もいらぬという連中があって、これが雲霞《うんか》のごときわが軍をものともせず、奇策縦横、駆け悩ましおったからじゃ。真田ほどの名将が、関ヶ原以来の天下の帰趨《きすう》を知らぬ道理があろうか。それを知りつつ大坂方へ加担した真田の一党は、はじめから金もいらず、命もすててかかっていたのじゃ。さればこそ、真田丸の手強さには、さすが智謀のわが君も、さんざん手を焼かれたものじゃったよ」

方廣寺《ほうこうじ》の鐘銘《しょうめい》の一件から、江戸大坂の手切れとなり、淀君が俄《にわ》かに兵を集めるときいて、家康が駿府を発したのは慶長十九年の十月十一日。

この時、家康は七十三歳。いかに壮健なうまれつきとはいえ、七十三歳といえばもう老先が知れている。家康もそれを知っていた。知っていたからこそ、この人に似げなくあせり気味だった。自分の眼の黒いうちに、豊臣家を滅ぼしてしまわなければ、家康は死んでも死にきれなかった。

関ヶ原の一戦以来、天下の形勢おおむね定まったとはいえ、いまだ豊公恩顧の大名は諸所に蟠居《ばんきよ》している。自分が生きている間は、人格の圧力で、さすがの荒大名も鳴りを鎮めているとはいえ、さて、自分が死んだそのあとは……と、それを考えると家康は気が気でなかった。

慇鑑《いんかん》遠からず、秀吉没後、うやむやのうちに天下を私してしまった家康だ。自分が死んだらどのような人物が現れて、大坂にある秀頼を擁して、徳川の天下をひっくりかえさぬものでもない、それを考えると駿府の奥の家康の夢は決してまどらかではなかった。

秀頼の最後を見とどけぬうちは、死んでも死にきれぬ家康だった。そこに家康のあせりがあり、方廣寺の鐘名一件などにも、この人に似合わしからぬ無理があった。

だが、それにも拘わらず大坂方が、その無理な手に乗って来たと知った時、家康はどのように喜んだろう。時こそ来《きた》れとばかりに大坂に攻めのぼり、茶臼山《ちやうすやま》に陣取った家康は、ひと揉みに大坂城を揉みつぶし、秀頼の首級《しゆきゆう》をあげ、患の根をたつつもりだった。ところが、どっこい、そうはいかなかったというのは……。

茶臼山の本陣で、家康は俄かにがばっとはね起きた。凄まじい物音が、寝所のすぐ間近で炸裂したからである。はね起きて見ると、粗末な板戸の隙間から、昼をもあざむくような明りが見える。

「素破《すは》こそ、敵の夜襲……?」

家康は、おっとり刀で寝床のうえに起き直っていた。

あわただしい足音が、寝所のまわりを駆けめぐって罵り騒ぐ声がかしましく聞える。

しかし、敵が攻め寄せて来た様子もなかった。家康がなかば戸まどいした気持ちで、がらりと板戸を蹴破《けやぶ》ると、寺院の木立ちのすぐ向うに、火炎が天に噴きあげているのが見えた。ごうごうと炎の舌が渦を巻いて、パチパチと生木の裂ける音がする。おりおり火の粉がこの辺まで降って来た。

「わが君、……わが君はいずこにおわしますや」

炎の光で昼のような庭へ、二、三の影がバラバラと飛びこんで来た。先頭に立った男

は、家康の姿を見ると、すぐその場に手をつかえ、

「おお、君、御安泰にましましたか」

そういう顔を、火炎の光芒ですかしてみて、

「おお、そちゃ頓兵衛じゃな。してして、あの騒ぎは何ごとじゃ」

「真田丸の一味が、忍び寄ったのでございます」

「なに、真田丸の一味？」

「は、そして、向うの陣所へ地雷をしかけて参ったのでございます。君、ここにおわしましては、御身危しと存じられまする。ひとまずお立ち退きの御用意を……」

「ちょっ！」

家康は、いまいましそうに舌打ちをして、

「真田丸のやつが、……また、真田丸の連中か。何んという執念ぶかい連中だろう」

家康は不興げに、眉をしかめると、頓兵衛にせき立てられて、しぶしぶと立ち退きの用意をはじめていた。

幻の若武者

真田丸の一党が、家康の本陣ふかく忍びよったのは、これがはじめてではなかった。まえにも一度、家康の寝所まぢかく忍びこんで、もう少しで、白髪首をかかれようとしたことさえあった。生涯を戦場で送って来た家康は、いままでずいぶんいろんな敵を相手として戦って来たが、しかし、今度の真田丸の一党のような、無気味な相手に出会ったのははじめてだった。

かれらは手をかえ、品をかえ、家康のふところ深く忍びよって来る。ちょっとの間の油断もならなかった。

翌朝、本陣をかえた家康が、昨夜の跡を見廻ると、天を摩する欅《けやき》の大木が、根元から真二つに裂けて、黒焦げになっていた。そのまわりを警固の侍たちが、ものものしい顔をして取りまいているのが、この際、家康には何んともいえぬほど腹立たしかった。

敵の忍びこんだあとを、いかに厳重に取締ったところで、何んの役に立とう。……そう思ったけれど、家康はそれを口に出してはいわなかった。

苦りきった顔をして、本陣へかえって来ると、ついて来た頓兵衛をふりかえっていった。

「どうじゃ、昨夜の曲者《くせもの》について当りがついたか」

「それが……」

　と、頓兵衛も顔をしかめながら、

「たしかにそれらしい者の姿を見たものがあると申しますが、あの騒動にとりまぎれ、つい取りにがしたと申すことでございます」

「真田丸の一党には、ちがいあるまいな」

「はっ、それにちがいございませぬ、これがたしかな証拠で……」

　頓兵衛がとり出したのは、蒲鉾《かまぼこ》板くらいの大きさの杉板で、そのうえに六文銭の焼印が捺《お》してあった。

「このようなものが、昨夜の騒動のあとに落ちておりましたので……」

「ふふん、馬鹿にしよる」

　家康はそれを見ると、わざとさりげなく言ったが、内心の不安はつつむべくもなかった。このまえ、寝所間近く忍び寄った曲者も、これと同じような焼印を捨てて立ち去った。

家康は必ずしも、この大胆な敵の振舞いをおそれているのではない。それよりも、こういう敵の振舞いが、味方の士気に及ぼす影響の方が大きかった。ちかごろでは、真田丸の一党に対して、迷信にちかい恐怖が、味方のものをとらえている。敵は一種の神経戦を用いているのだ。そして、その戦術の味方に及ぼす影響の方が忍び寄る一人二人の曲者より、家康にとっては恐ろしかった。

そこへ、昨夜の曲者の姿を見たという武士が出頭した。

「おお、おの方が曲者の姿を見たというのだな、して して、相手はどのような男であったな。さだめし、鬼のような大男であったろうな」

「いえ、ところが……」と、武士は当惑したように、

「それが大ちがいで、相手はまるで、女のような優《や》さ男でございました」

「何、女のような優さ男であったと申すか」

「はっ、それに違いございませぬ。あの物音が致しました刹那、私は現場へ駆けつけたのでございます。その時、火炎をくぐって逃げようとする姿が見えましたが……いや、それが、思わず呼び止めました。すると、そいつめが振返ってにっこり笑いましたが、それがまったく、絵にかいたように綺麗な男でございました。私ははっと致しましたが、すぐ

気をとり直して、捕えようと致しますと、そのとたん、曲者が何やら梅の実ほどのものを投げつけました。それが私のすぐ足下でパッと炸裂いたしまして、……残念ながら曲者をとり逃してしまいました」

武士は、面目なさそうに首をうなだれている。なるほど見れば、その男は左の眼尻から頬へかけて、いたいたしい火傷の跡があった。

「女のような優さ男。……ふむ、女のような優さ男であったと申すのだな」

「さようでございます。私が呼びとめた時、振りかえって笑いましたが、その声なども、女のようでございました」

家康は、頓兵衛と顔を見合せた。真田丸の一党のなかにひとり女のような優さ男がいることは、だいぶ前から陣中の噂の種になっていた。その男は年頃二十二、三であった。これが緋縅《ひおどし》の鎧に、栗毛の馬に乗り、大身の槍をふるって打って出るところは、それこそ絵にかいた若武者のように美しかった。それでいて、この若武者の働きは、鬼神も三舎を避けるほどの勇猛ぶりであった。

われこそ、あの若者を引っ捕えてくれようとばかり、立ち向う勇士も多かったが、いつでも、相手の槍の穂先にかかってしまうのだった。いつの間にやら、あの若武者には鬼神がのりうつっているという評判が、茶臼山の陣中に立っていた。

（こいつはいかんな）家康は、舌打ちしながら考える。

誰もかれもが、あの若武者の幻にとりつかれている。早く埒《らち》をあけなければ、まんまと敵の術中におちいって、味方は戦意を失ってしまうだろう。

そこで、その日の午《うま》の刻を期して、真田丸めがけて総攻撃の下知を、家康は陣中へふれさせた。

矢文

真田丸は大坂城の南、天王寺口の外濠《そとぼり》の外にあって、そこには久度山《くどさん》から招かれて大坂城へ入った真田幸村の一党が、堅固な塞《とりで》を築いていた。

この時、大坂城に立てこもった人数は十万人、それに反して、大坂城を包囲した関東勢は二十万人といわれている。つまり敵に倍する軍勢で包囲陣を築いているわけだ。しかも、城内の敵は、おおむね烏合《うごう》の衆である。

家康の最初の計画では、ひとたまりもなく敵を蹴散らし、大坂城をのっとるつもりだった。それにも拘らず決戦がこうのびのびになっているというのは、主として真田丸の神変不思議な働きによるところが多かった。

何んのこれしきの出城ひとつと、のんでかかったのが誤りのもとで、この小さな出城ひとつ落すはおろか却って敵から、咽喉《のど》もと深く攪乱される破目になって、さすが辛抱づよい家康も、すっかりあせり気味になっていた。

その日の総攻撃も、結局、なんのうるところもなく引きわけになって、やがて時雨空《しぐれ》になった。秋はもう深いのである。大坂は関東にくらべ暖かだったが、それでも、どうかすると薄霜を見るような朝があった。

「真田丸のやつめ、おのれ、真田丸の一党め！」

歯ぎしりをして口惜しがっても、戦場の条件はしだいに悪くなっている。大決戦などは思いもよらず、おりおり、方々で小ぜりあいが行われたが、その結果は思わしくない便りばかりだった。今日も、びしょびしょと終日時雨が降ったり止んだりしていた。

家康は本陣の奥で、体をもてあますような気持ちだったが、その時、陣所のまわりが俄かに騒々しくなって来た。

「はてな、何ごとが起ったかな」家康が身を起した時、頓兵衛があわただしく縁先に現れた。

「申上げます」

「何ごとじゃ」

「真田丸より矢文でございます」

「矢文？」

家康は顔をしかめて、

「何ごとを申して参ったのじゃ」

「さればでございます。ちかごろの戦の停頓《ていとん》、まことに無聊《むりよう》に存ずる。よって、双方より勇士をひとりずつ選りすぐり阿部野において一騎打ちを致させたいが、このことまげて御承引下さるよう……と、敵の大将真田幸村殿よりの書面でございます」

「痴者《しれもの》め！」

家康は苦り切って吐き捨てるようにいった。

「捨ておけ、捨ておけ」

「はっ！」

「敵の術中におちいるような真似は、せぬがよいぞ」

「しからば、この挑戦に応ぜぬ方がよいと仰せられるので」

「さようじゃ。計《はかりごと》の多い真田の一党じゃ。またどのような計略があろうも知れぬ」

「しかし……」

「何かいうことがあるか」

「この挑戦に応ぜぬ時は、徳川殿には恐れをなして尻ごみなされたと、どのように敵から嗤《わら》われぬものでもございますまい」

「構わん。敵がどのように嗤おうと仔細はない。このような児戯《じぎ》に類したこと、わしの性分にあわん」

なるほど、これは家康の本音だった。

「しかし……」

「まだ、いうことがあるか」

「はっ、敵の嘲笑は構わぬと致しましても、このことが、味方の士気に影響を及ぼしては、いかがと存じられます」

「なに、何んと申す」

「わが君には、かくまでも真田丸の一党をおそれあそばすと、間違って味方のものが考えた時には、君にはいかがあそばす御所存でございます」

「ふうむ」

尤《もっと》もな頓兵衛の言葉に、家康はすっかり苦りきってしまった。地味で堅実で、石橋を叩いて渡る主義の家康には、こういう絵巻物式な武勇談はあまり好ましくなかった。しかし、ひるがえって考えると、いま頓兵衛のいった言葉もほんとうである。そこで家康は不承不精にいった。

「そちの申す言葉にも一理はある。しからば誰か出すか」

「しからば御承引下さいますか。わが君が御承引下さるならば、私にひとり心当りがございます」

「誰じゃな。あまり大身のものではいけぬぞ」

「はっ、私が推挙《すいきょ》致しました本多殿の家来、柚木《ゆぎ》大之助を出してはいかがと存じまする」

「よかろう。それならば負けても恥ではない」

家康はそこで何か考えていたが、俄かにはたと膝をうつと、

「おお、面白いことがある。これは向うから切り出した挑戦じゃ。それに応ずるからにはこちらからひとつ注文をつけてはどうであろう」

「注文とは……?」

「さればじゃ。先達って、本陣間近く忍びよって、地雷火をしかけていきおった、あの女のような優さ男、あいつを向うから出させるのじゃ、それでなくば、この挑戦に応じることはまかりならぬと申してみよ」

　頓兵衛も、はたと膝を打つと、

「なるほど、それは思いつき」

　そこで主従ふたりは顔を見合せると、家康ははじめてはればれと笑った。


　その後、いくどか矢文の交換があって、真田丸のほうでも、こちらからの注文のことごとくを承知して来た。そこで双方のあいだにとりきめられた条件というのは……。
一、双方より一騎打ちの勇士を一名づつ阿部野へ派遣すること。
二、ほかに介添として一名を附添わせること。
三、但し、右介添をはじめとし、何人たりとも、勝負に手出しをせざること。

四、時日は明日、午の刻。
五、この事、天地神明に誓って違背せざること。

一騎討ちの果

「どうじゃ、大之助、必ず抜かりはあるまいな」

「大丈夫でございます」

「相手は女のような優さ男とはいえ、変幻自在な痴者ゆえ、決して油断は相成らぬぞ、万一おくれをとるようなことがあっては、わが君の恥辱だ」

「よく、心得ております。いかに変幻自在の曲者とは申せ、まさか神通力をもっているわけではございますまい。相手も人ならばこちらも男、お心易く思召《おぼしめ》せ」

大之助は、平然として身支度にとりかかっている。

この柚木大之助というのは、すぐる関ヶ原の合戦の砌《みぎり》、頓兵衛がはからずも拾った家来である。当時紅顔の美少年であった大之助も、いまでは三十の壮者になっている。頓兵衛は、ことごとくこの大之助が気に入って殿の直参《じきさん》に推挙しようとはかったが、大之助はどうしてもそれを肯かなかった。

やむなく日頃敬愛する本多平八郎忠勝のもとに推挙したのだが、相手があくまでも世に出ることを拒もうとする、その心事もうすうすとは知っていた。

大之助は逆臣明智の残党なのだ。それを恥じて、生涯陪臣で終ろうと決心している相手の心根があわれで、それだけに寵愛もふかかった。この度の一騎討の選手として大之助を推挙したというのも、あわよくばこれを機会に、晴れて直参として推挙してやりたい心もあったのだ。

やがて身支度が出来ると、頓兵衛と大之助とは、嵐のような味方の声援に送られて阿部野へうって出た。二人とも騎馬で、頓兵衛は介添役なのだ。

阿部野の原へ出て見ると、相手はすでに到着していた。

頓兵衛は素速くあたりを見廻わしたが、別に伏勢がありとも見えなかった。頓兵衛は安心して、大之助をその場に待たせると、馬を駆って向うのほうへ駆けつけた。向うからも介添役が、馬を駆って近附いて来た。

「御苦労に存じまする」

「いや、お互いにな」

二人の介添役はわだかまりのない挨拶を交わした。向うの介添役も頓兵衛と同じ年頃の老人だった。

「私は真田幸村殿の一門にて、筧《かけい》十郎左衛門と申すもの、以後はお見識《みし》りおき下されい」

「いや、御高名はかねがね承っておりまする。申しおくれましたが、私は矢柄頓兵衛と申す者、また、あれに控えおります勇士は鵜藤《うどう》大之助と申して、わが君の近習役を勤めるものでございます」

まさか陪臣とはいえないから、頓兵衛は大之助を近習役にしてしまった。

「徳川殿の近習役とあらば、相手にとって不足はない。こちらの勇士は……」

と、そこで覚十郎左衛門は何故か口籠りながら、

「こちらの勇士は、五月早苗之助《さつきさなえのすけ》と申しまする。それではソロソロ、一騎討ちにかかりますかな」

「よかろう」

二人が馬をかえして、それぞれに命をふくめると、入れかわって大之助と、五月早苗

之助の二人が、しずしずと馬を進めた。やがてその距離二間ばかりになると、二人の勇士はしずかに目礼して、相手は槍、大之助は太刀をえものに、いよいよ一騎討ちの勝負がはじまった。

頓兵衛は少しはなれたところに馬をとめて、この場の様子を眺めながら、五月早苗之助とは妙な名前だなと考えている。だが、名前などどうでもよかった。相手はたしかに、こちらの注文した人物にちがいなかった。

眉深にかぶった兜《かぶと》でよくはわからないが、抜けるように白い頬、丹花の如き唇だ。たしかにあの、「女のような優さ男」にちがいない。

二人の勇士は二、三合馬をやり交わした。早苗之助のくり出す槍が、薄《すすき》の穂のように光って、大之助の胸板をねらっているのだが、その度に大之助は、たくみに太刀をふるって槍の穂をはねかえしながら、じっと、静かに相手の虚をねらっている。

もし、この一騎討ちに、はなばなしい勝負を期待していたものがあったとしたら、それは失望に終ったろう。

ひろい阿部野の中央に闘う二人の姿は、動よりもむしろ静だった。互いに相手の虚をねらっている姿は、むしろ虚無にちかい静かさがあった。頓兵衛はじりじりとわき出る汗を、掌に握りしめている。頓兵衛ばかりではない。阿部野を取りまく小高い塞《とりで》のうえでは、双方の軍勢が、勝負いかにと固唾《かたず》をのんで控えているのだ。

やがて、早苗之助のほうが隙を見つけたのか、さっと馬をのり出して槍をくり出した。が、そのとたん、かれの乗っている馬が、ぬかるみに脚を踏みすべらしてまえにのめった。あなや、大之助のふりあげた太刀が、早苗之助の首筋に落ちようとする。だが、その瞬間、白刃はぴたりと宙に静止した。

早苗之助はすぐ姿勢をとり直した。だが、相手の情の一瞬のためらいが、かれにとってはたえられぬ屈辱となったらしい。いままで水のように冷静だったその面に、かっと血の気がのぼると、

「おのれ！」

裂帛《れっぱく》の気合と共に、槍の穂をくり出した。

「あっ！」

頓兵衛が思わず手に汗を握った時、はねかえす大之助の太刀のうえで、槍の穂が二つになって宙にまいあがっていた。

「わっ！」

はるか後方の味方の陣地より、鯨波《とき》の声が起る。いま、大之助がとび込めば、勝利はかれのものだった。だが大之助はそうしなかった。からりと太刀を投げ捨てると、

「いざ、この上は」

大之助はむんずと相手の体に組みつくと、二人はもんどりうって馬のうえから転がり落ちた。

この様子を見ると、筧十郎左衛門があわただしく二人の側に駆けよって来る。それを見ると、頓兵衛も捨ててはおけずと馬を走らせた。

「あいや、筧殿、手出しは無用でござるぞ」

「心得ておる。じゃが、しかし……」

「約束でござる、何人も手出しは致さぬという取りきめでござるぞ」

「筧様、お控え下されい」

早苗之助が組みしかれたまま声を張りあげた。

「討ち討たるるは武士のならい、手出しをなされて、私に恥かかせて下さるな」

勝負はもう眼に見えていた。早苗之助を組みしいた大之助は、ぎらりと脇差を抜きはなった。その脇差しが早苗之助の咽喉元に擬せられている。一寸、二寸、脇差しは下っ

ていく。早苗之助ももう観念したのか、抵抗しようとはしない。かえって、にんまりとした微笑が、美しい唇のはしに浮んだ。

その時だった。大之助は、引き裂かれた鎧下の小袖の破れから、白い相手の胸元を見た。

「おお！」

大之助は、のけぞるように驚いた。それからもう一度相手の白い肩を見た。そこには梅花一輪、散らしたような痣《あざ》がある。

「おお、そなたは……」

突然、大之助ははげしく身ぶるいをすると、組みしいた相手をそのままにはね起きた。そして、ちゃりんと脇差を鞘におさめ、落ちていた太刀を拾いあげると、ひらりと馬にとびのった。

「大之助、いかが致したのじゃ。何故相手をしとめぬのじゃ」

頓兵衛があわてて後から馬を走らせたが、大之助はそれに答えようとはしなかった。

それから間もなく、茶臼山の本陣へかえった時、大之助は家康のまえでこう復命した。

「五月早苗之助とは女でございました。不肖ながらこの大之助、女を手にかける刃は持ちませぬ」

兜の三々九度

しばらく続いた陰鬱な空がからりと晴れて、久しぶりに明るい小春の日が戦場をほんのりとあたためた。

茶臼山の本陣では、この好天気をしおに、一挙に真田丸を攻め落そうと、朝から物々しい気配がみなぎっていた。

家康はもうこれ以上、待っていられなかったのだ。

師走《しわす》の風は戦場ではひとしお身にしむ。この上、新年をこの戦場で送るとなると、士気にどのような影響を及ぼすかも知れない。それも勝利の目算が立っているのならば格別だが……やがて、本陣からの下知によって諸方の陣からどっとばかりに城を目がけて攻め寄せた。

矢柄頓兵衛のひきいる一隊は、例によって真田丸を目ざしていた。何んといっても、この攻防戦のもっとも大きな癌《がん》は真田丸だった。この塞を攻め落しさえすれば、大坂城をおとし入れることはそう難しいことではないのだ。

「大之助。今日こそは。……よいな」

「承知いたしました。きっと敵の大将首を挙げてごらんに入れまする」

あれ以来特に頓兵衛の麾下《きか》にいる大之助は涼しい眼に、きっと決心のいろをうかべている。

だがちかごろのかれの顔色には、何かしら頓兵衛の腑に落ちぬものがあった。

先達っての一騎討ちにおいて、相手が女であることを知って、そのまま見逃がしてやった大之助の仕打ちは優《まさ》にやさしき所業と、誰ひとりとがめる者はなかった。いやそれでこそまことの武士よと、君公からもあつく御賞美の言葉を賜《たまわ》ったほどだ。それにも拘わらず、大之助はあれ以来、とかく浮かぬ顔をしている。ひどく考えこんだ模様で、おりおり溜息をつくことさえあった。

頓兵衛はあの一騎討ちの始末を、始終そばから検分していたのでよく知っているが、今から思うと、あの時の大之助の素振りはたしかに尋常ではなかった。

かれが相手を見逃したのは、ただ、女と知っての動揺ばかりであったろうか。いや、いや、あの時たしかに大之助は、相手の体を見て、

「おおそなたは……」

と、仰天したように何か言おうとしたではないか。そうすると、大之助はあの女を知っていたのでなかろうか。

「のう、大之助」戦場へ馬を走らせながら、頓兵衛は大之助を振りかえった。

「はっ」

「ひょっとすると、今日また五月早苗之助に見参するかも知れんな」

大之助は、ちらと頓兵衛の顔を見たが、すぐその眼をそらしてしまった。

「どうじゃ、今度見参したら、また許しつかわすつもりか。女とはいえ、きゃつはわが君の本陣ちかくまで忍びよるほどの曲者じゃぞ」

「殿、御免……」大之助はとつぜん踵《きびす》をかえすと、まっしぐらに真田丸めがけて駆け出していた。

真田丸のほうでも、今日の総攻めはあらかじめ期待していたところである。

忽《たちま》ち、敵味方入り乱れての乱軍となった。

「進め！　進め！　退くな。ひと揉みに塞を揉みつぶせ」

馬上にあって頓兵衛は、声をからして采配をふるっている。おりおり流弾が耳もとをかすめたが、頓兵衛はもうそんなことに頓着してはおられなかった。

突然、頓兵衛はあっと息をのんで馬上で身をすくめた。

見覚えのある大之助の指物が、ちらと眼をかすめたかと思うと、突然、その周囲に白い煙がぱっと炸裂した。

「しまった！」叫ぶと同時に、頓兵衛ははや馬に拍車をくれて一文字に丘をかけおりていた。頓兵衛が馬をかって大之助のかたわらに駆けつけた時、かれはそこに世にも意外な光景を見て、思わずぎょっと馬をとめた。ひとりの武士が、大之助の体を抱き起して、声を限りに叫んでいた。

「わが夫さま、気をたしかにお持ち下されませ」

頓兵衛は自分の耳を疑った。大之助はまだ独身である。妻とよび、夫とよぶものがあろう筈はなかった。しかもこの戦場で、それはあまりといえばあまりにも思いがけない言葉であった。頓兵衛は馬からとびおりるとつかつかと二人のほうへ寄っていった。

「おお、そちは先達っての女性じゃな」

相手はたしかに五月早苗之助――いや、五月早苗之助と名乗った女にちがいなかった。

「はい」女は面恥げに頬を染めながら、それでもまだ傷ついた大之助の体をしっかと抱きしめている。

「そなたが、この大之助をわが夫と呼ぶは……？」

訝《いぶか》しげな瞳を、男装の女に向けた時、大之助の唇がかすかに動いた。

「早苗殿……」

「はい、私はここにおりまする」

その声に大之助はポッカリと眼をひらいた。そして早苗の顔を見、ついで頓兵衛の訝しげな瞳に眼をとめると、力ない笑いがしずかに唇のはしに浮んだ。

「殿、御不審は御尤も……」大之助は力ない声で、

「この早苗と申すは、幼い時より私が養育されました恩人の娘……許婚者《いいなずけ》の仲でございました。それを、関ヶ原の合戦の砌り、親の敵を討ちたさの一念より振りすてて、殿に仕え奉り、その後、手をつくして行方を探し求めましたが、ついにいままで消息知れず

……」

先日の一騎討ちの砌り、梅花の痣より、はからずも昔の姿を思い出したのである。

「肉親敵味方となるは戦国のならいとはいえ、あまりにも情ない縁と、つい刃持つ腕も鈍り、お恥かしうございます」

大之助は悄然と起き直った。

まったくそれは、意外だった。親子兄弟、敵同志となることは珍しくないにしても、かりにも夫婦とちぎった者が、一騎討ちの勝負とは、なるほどこれでは、大之助の闘志が挫《くじ》けたのも無理はない。だが、その時、頓兵衛は何を思ったのか、突然、からからと高笑いをして、

「はっはっは、大之助も早苗とやらも、何をそのようにくよくよと致しておる。二世を契った夫婦の者が、戦場でまみえるとは、これほど目出度《めでた》いことはないではないか。待てよ。おお、ちょうど幸い、ここに瓢《ふくべ》の酒も残っている。そこにある兜は早速の盃じゃ。大之助、早苗、拙者が仲人となって高砂屋《たかさごや》をうたってとらそう。この戦場の雄叫びを酒の肴に祝言せい」

それから、頓兵衛は一言附け加えた。

「いまは敵味方とわかれていても、やがてはずっとよい時世が来る。それまでの辛抱じゃ。大之助も早苗も、夫婦の盃がすんだなら、もう一度敵味方とわかれて、卑怯未練の振舞いをするではないぞ。やがてもっとよい時世が、ふたりを結びつけてくれるまで……」

それから頓兵衛は、兜の盃に酒をついでやり、朗々として高砂屋を謡《うた》い出したのである。

早苗と大之助にとって、よい時世はそれから半年後にやって来た。

元和元年、大坂城が落ちて、豊臣氏が滅亡するまで、早苗は城に踏みとどまり、女武者として華々しい働きを見せたが、城が落ち秀頼母子の最後を見とどけると、彼女は大之助のもとへやって来た。鴛鴦《えんおう》もただならない二人だったが、早苗の前身をはばかって、二人はしばらく頓兵衛と忠勝の前から姿を消したのである。数年後、再び相見えるその日まで――

落城秘話

陣中拾いもの

　幕臣矢柄頓兵衛正勝が、士気作興の一助にもと、一門八十余名を駿河台の屋敷に集めて、語って聞かせる戦場話も、回を重ねることこれで十二回。

「いや、皆の者、長いこと御苦労であったな。年寄りの昔話を、長いことよく神妙に聞いてくれた。改めてここで礼をいうぞ。さて、今回はいよいよ俺の最後の戦場話。大坂落城の砌《みぎ》りの働きじゃ。思えば月日の経つのは早いものじゃな。十六歳の初陣《ういじん》を、つい昨日のことのように覚えているのに、この時ははや五十八歳。頭には霜を頂いていたが、それでもまだまだ元気じゃったな。火筒《ほづつ》の響き、矢叫びの音を聞くと、何かこう、熱いものが身うちに沸《たぎ》って来るような気持ちでな。はははは、こういうことをいうと、自ら乱をねがうようで叱られるかも知れんが、俺のように生涯を戦場で暮して来た人間には、ちかごろのように泰平がつづくと、何かこう、歯ごたえがないような気が致してな。はははは。いや、冒頭はこれくらいにして、それではいよいよ、俺の最後の戦場話、皆の者、よく聞いてくれよ」

先年の冬、いったん成った関東関西の和睦《わぼく》が再び破れて、最後の肚《はら》を定めた家康が駿府を発し、大坂討征の令を全国に発したのは、元和元年（但し、その頃はまだ慶長二十年といっていた）四月六日のことだった。

大坂城内では、むろんこのことあるを早くから覚悟して、もろもろの準備をととのえていたとはいうものの、さりとて、城内の士気が完全に一致していたとはいい難かった。

現に五月七日の総攻撃がはじまる直前においてさえ、家康からいい送った和議について、かなり未練を持っているものがあり、したがって、双方から火蓋が切って放たれるまでは、闘志もかなり混乱していた。これでは戦いに勝てるわけはなく、つまり大坂城の人心は、家康得意の謀略に、すっかり攪乱されていたわけである。

これを関東勢からいえば、こんな楽な戦いはなかった。勝敗の数はすでに去年から定まっていたのである。昨年の冬の役で、ともかくも関東勢を防御しえた唯一の拠りどころである外堀を、和睦の条件として埋められてしまった今となっては、大坂城は裸にされたも同然だった。

去年でさえ、無理に押せば押し潰すことは、そう困難ではなかったのだ。それを今年へ持ちこんだのは、深謀遠慮の家康が、客観状勢の熟すのを待っていたのである。そして、今はもうその時期が十分に熟していた。豊臣氏の滅亡は、すでに避けがたい運命として、全国大名どもの眼に映じていた。今はもう家康がどんなことをしたところで、指一つさす勇気を持っているものはなかった。

つまり家康は、去年から満を持して引いていた矢を、いよいよ切って放ったのだ。そしてその矢は、見事に的中した。

五月七日、最初の一弾が大坂城へ撃ちこまれると、城内は忽ち大混乱におちいってしまったのである。

矢柄頓兵衛はその時、一隊の兵を率いて、猫間川のほとりに屯していた。何しろ五十八という老齢では、気持ちばかりはいかに若くとも、先陣に立って働くわけにはいかない。そこで城が陥《おち》たとき、城中からのがれて来る落武者に備えていたのである。

「女子供には構うな。また手負いはいたわってとらせよ。ただ、手向うものだけを斬って捨てよ」頓兵衛は、部下のものにそう命令していた。

正午過ぎからはじまった戦いは、時刻のうつるに従って、しだいにその激しさを増していた。遠慮容赦もなくうちこむ弾丸に、城の曲輪《くるわ》はすっかり撃ち払われて、裸になった城の様子が、葉の落ちつくした冬の雑木林のようにすがすがしく見晴らされた。日暮頃になると、いよいよ落城の命旦夕《せき》に迫ったことがはっきりと誰の眼にもわかった。玉造口から焼け出した火は、城の内といわず外といわず、炎々《えんえん》と包んで、日が落ちると同時に、空を真紅に焼き焦がした。その中をおりおり物凄い爆音の聞えるのは、城内にたくわえてあった鉄砲の薬笥《くすりばこ》に火がついたのであろう。

夜になると、果してぽつぽつと城を落ちて来た男女が、猫間川のほとりに姿を見せはじめた。男はみんな、体のどこかに傷を負い、血と硝煙によごれた顔は、放心したように無表情だった。

かれらの中には誰何《すいか》されると、そのままその場にへたばってしまう者もあったが、中には抜身をふるって手向って来るものもあり、また観念して、見事に腹をかき切るものもあった。

後詰めとはいえ、これで落武者の詮議という奴はなかなか危険なものである。相手は何しろ手負い猪《じし》のようになっているのだから、油断していると、こちらが却ってやられてしまう。

夜が更けた。

大坂城を焼き崩す炎は空をまっかに染めていたが、それでも矢弾の音はぴったり途絶えて、その静けさがむしろ腸《はらわた》をかむようであった。頓兵衛は二、三の部下をしたがえて、猫間川の堤を見廻っていたが、その時、ふと妙な声を聞きつけて足をとめた。

「おや」頓兵衛は部下のものを振りかえると、

「あれは、赤ん坊の泣き声ではないか」

「そのようでございますな」部下の侍も、怪訝そうに眉をしかめた。

「おおかた近在の百姓が、逃げおくれてわが子を捨てていったのであろう。このままにしておけば、夜露で死んでしまうだろう。探してみよ」

「はっ」

侍たちは下知に応じて、ばらばらと声のするほうへおりていったが、

「ああ、矢柄様」

　堤の下のくらやみから、侍たちの驚いたような声が聞えた。

「どうした。どうした」

「まんざらの百姓の子供とは思えませぬ。ひょっとすると、城を落ちのびて来たのではございますまいか」

「なになに、城内のものの子供が」

　頓兵衛も堤をおりていったが、見ると二つ三つ束ねてつんだ竹束の側に、ひとりの老女が俯《あお》向けに倒れていた。服装からみると、明かに城のお局のものである。それもかなりの身分のものらしい。

　手傷を負うて、ここまで落ちのびて来て、おおかた水でも飲みにおりたのだろう。そこでこときれたものと見える。そして、その老女の胸に抱かれて、赤ん坊がひとり、火のつくように泣いているのだった。

「これはどうも……」

　さっきから赤ん坊をあやしている侍のひとりが、その時だしぬけに驚いたような声を立てた。

「どうした。何かあったか」

「矢柄様、この赤ん坊はまだうまれてあまり時が経たぬと見えまする」

「なになに、それじゃうまれたばかりと申すのか」

「そうのようでございます。おおかた今日の戦いに驚いて、産婦が俄《にわ》かに産気づいたものと見えまする」

頓兵衛が覗いてみると、白綾の立派な産着《うぶぎ》のうえを、白に臙脂《えんじ》のぼかしで牡丹《ぼたん》を浮かした片袖で包んであった。誰かの片袖をひきちぎって、取敢《とりあえ》ずおくるみにしたものらしい。

何人の子か。この落城のさなかにうまれて、おそらく父も母もこの世に生きてはいまい……。

「不憫《ふびん》な奴」

と、頓兵衛はやや暗い顔でいった。

「ともかく拾ってやれ。そしてどこかで乳の出る女房を探して来るがよい」

糒倉《ほしいいぐら》の幽霊

大坂城が陥り、ここに豊臣氏が完全に滅んでしまったのは、五月八日のことだった。寄手の先陣が最初に踏みこんだ時死骸と血糊で足の踏場もないほどだった城内も、家康の機敏な下知で、間もなく整理された。そして、城内には矢柄頓兵衛のひきいる一隊が入って、厳重に城の監視にあたることになった。

もう敵の盛りかえす心配はなかったが、城の破れたのに乗じて、不逞な町人どもが忍び込んで掠奪《りゃくだつ》していく憂いがあったのである。

死骸の取り片づけもすみ、危険な爆発物もいち速く処分された。逃げおくれたものや、手を負うたままだ死にきっていなかった連中は、ひとまとめにして城外へうつされた。

家康はこの間、伏見にあって、例によって素晴らしい行政手腕を発揮していた。いったん逃げ出した町人どもも、おいおい帰って来て、町には逞ましい復興の槌《つち》の音が聞えはじめた。

その頃になると、城を守っている連中は、もうすっかり退屈しきっていた。あらかた取り片付けの終った城内には、かれらのやるべき仕事は何一つなかった。しかもまだ、新しい城の生活ははじまっていない。

侍たちはこの空白な期間を、多く酒盛りで過していた。誰の胸にも、これでいよいよ戦いという戦いはすっかり終ったのだという、一種気落ちのしたような感じがあった。そのことはかれらの気持をのびのびさせると同時に、妙にわびしいものにしていた。

ところがそうしているうちに、ここにひとつ妙な事が起った。

ある日、頓兵衛が裸になって千畳敷から、逞ましい勢いで復興していく大坂の町をぼんやりと眺めていると、そこへ相役の野添源八《のぞえげんぱち》という老人が妙な表情《かお》をして側へよって来た。

「矢柄殿、貴殿にちとお話しいたしたいことがあるが……」

「何かな。若いものがまた何かしでかしましたかな」

「いや、そうではないが……貴殿、ちかごろ城内に立っている妙な噂を御存じないかな」

「妙な噂というと……ああ、あの幽霊のことか」

「さよう」野添源八は顔を顰《しか》めて、

「こんなことを言い出すと、年甲斐もないとお嗤《わら》いになろうも知れぬが、あまり噂がやかましいのでな。虚実いずれにせよ、一応詮議しておいたほうがよくはないかと思いましてな」

頓兵衛とちがって至って思慮の綿密な源八は、白い眉根をしかめていた。

この幽霊話というのはこうである。
四、五日まえ、千畳敷で酒宴《さかもり》をしていた一群の若い侍達が、だしぬけ美しい局姿の女におびやかされた。
その女は、影のように千畳敷へ現れたかと思うと、まるで紙風船のようにふわふわとお廊下のほうへ消えていったというのである。あまりだしぬけだったので、誰もとめだてするひまもなかった。あっと唾をのみこんで、相手の姿を見まもっているうちに、女の姿はまぼろしのように、お杉戸の向うへ消えていったのである。

酒宴をしていた若い侍たちが、事の重大さに気がついたのは、それから間もなくのことである。

考えてみれば、いまこの城内に、若い女の姿があるべき筈はなかった。しかも相手は、たしかにお局ふうの女であった。してみると、逃げおくれた局の女が、まだどこかに隠れていて、それがだしぬけにふらふらと姿を現わしたのだろうか。噂をきいた時、頓兵衛はすぐ酒宴をしていた侍のひとりを呼び出した。その男は、真壁三十郎という男だった。

「はい、決して間違いではございませぬ。たしかに、十八、九の、若い、美しい、お局ふうの女でございました。髪をこう振り乱して、何か憑かれたような顔色をし、眼の色も尋常ではございませんでした」

「どうして、その場でとっておさえて詮議してみなかったのだ」

「はい、それが……まことに面目しだいもございませぬが、何しろあまり思いがけないことなので、一同あっけにとられて、何んの才覚も出ぬうちに、女の姿は消えてしまいまして……あとで、それっと手分けして探してみた時には、もう影も形もございませんでした」

逃げおくれたお局の女が、どこかにかくれているということは、ちょっとうなずけないことだった。矢柄頓兵衛は入城以来、部下のものに命じて、あらゆる隅、あらゆる縁の下を、隈なく捜索させておいた筈である。もはやどこにも人の隠れている隙間はないと、納得いくまで、かれは探索をつづけさせた。もし、そういう眼に立つ女がひそんでいたとしたら、その時誰かの眼にふれぬ筈はなかったろう。

してみると幽霊であろうか。なるほど、落城とともに命を捨てた若いお局の女は、かなり沢山ある筈だ。それらの中には、まだこの世に想いが残って浮びきれぬものもあるかも知れぬ。

頓兵衛も一応はそう考えてみたが、やっぱりそれでは心底から釈然とすることは出来なかった。


ところが、それからなか一日おいて、また妙なことが起った。糒倉《ほしいいぐら》のかたに当って、夜な夜な女の泣声《なみごえ》が聞えるといい出したものがあった。その声はどこか地の底からでも響いて来るように、妙に籠った、陰気なすすり泣きでそのあいだにおりおり、子守唄のような唄声がまじるというのである。

いったい、大坂落城のような、悲壮な、歴史的出来事のあとには、怪談はつきものである。だいぶまえから、淀殿の幽霊が出るだの、千畳敷の畳は、拭いても拭いても血の跡が消えぬなどという噂が、城下の町人どもの口から口へと伝えられていた。

しかし、今度の出来事はいささかこれとはちがっている。そういう根も葉もない虚妄《きよもう》の談とちがって、若い血気ざかりの侍が十数人、同時にハッキリと女の姿を認めているのである。たとえ酒に酔っていたとはいえ、皆が皆同じすがたを見たというからには、これを愚かしい幻と片づけてしまうわけにはいかなかった。それに、夜な夜な、女のすすり泣きをきいたという者も、一人や二人ではなかった。

「実はな、頓兵衛殿、拙者も昨夜、たしかにそれとおぼしい声をきいたのでな」

野添老人は、いくらか極まり悪げに頬を紅らめながら口籠った。

「なに、お手前が……」

「ふむ、こんなことをいうと、年寄り甲斐もないとたしなめられるかも知れぬが、昨夜、丑《うし》の上刻にな……」

怪しい声をきいた野添源八は、がばりとばかりに寝所をぬけ出すと、声をたよりに庭へ出てみた。その声は噂のとおり、糒倉のほうから聞えて来るのだが、さて、地の底から聞えるのか、上空から聞えて来るのか、ハッキリ確かめるにまもなく、ふっつり途絶えてしまったというのである。

「しかし、たしかに間違いではない。まだ若い女の声のようであった。それに噂のとおり子守唄のようなものを唄っておった」

「源八殿」

頓兵衛もここにおいて、いくらか真面目な顔になり、

「すると、貴公も幽霊が出ると仰せられるのかな」

「いや、幽霊などとは思わぬが……」

源八は、間の悪そうに頬を逆さに撫でながら、

「なにしろ場所が悪い。糒倉だからな。なるほどあそこなら、怨念の残っていそうなところじゃて」

秀頼母子が火を放って自刎《じじん》したのはその糒倉の中だった。

「よし、それじゃ、もう一度城内を隈なく探索させてみよう。まだまだ、われわれの眼の届かぬところに、隠れ場所だの抜道などが残っておらぬとも限らぬ。何にしても、このような忌わしい噂の根は、一刻も早く刈とらねばならぬ」

そこでただちに、城中捜査命令が下されたが、何しろ広い曲輪《くるわ》の中のことである。まだはかばかしい効果もあげぬうちに、またしても頓兵衛は、難問題に逢着《おうちゃく》しなければ

ならなかった。

疑　惑

ある日、伏見にいる主君家康公から俄かにお召しにあずかった頓兵衛は、何事であろうと急いで駆けつけたが、やがて、その日の夕刻、暗い、浮かぬ顔をして戻って来た。

「頓兵衛殿、君の御用というのはどういうことでござったな」

頓兵衛の顔色をみると、野添源八も気使わしそうに声をひくめた。

「ふむ、それがまことに困ったことでな」

「困ったことというと、……ひょっとすると、ちかごろ城内にひろがっている、幽霊の噂が君のお耳に入ったのではないかな」

「いや、それではない。それよりももっと大きな難問なのだ」

「頓兵衛殿、どうしたものだ。そう気を揉ませずと、さっさと打ちあけて下されたらよいではないか」

「あはははは、何も気を揉ませるわけではないが、源八殿、聞いてくれやれ、こうだ」

　ちかごろ大坂城下はいうに及ばず、上方一円にかけて、奇怪な噂が立っているというのだ。その噂というは、秀頼母子は糒倉で自匁したのではなくて、ひそかに城をぬけ出し、舟で薩摩へ落ちのびたというのである。

「馬鹿なことを！　そんな馬鹿なことがあってよいものか」

「さよう。われわれはそんな馬鹿なことがありよう筈はないという事をよく知っている。が、さて、それをどうして、愚衆どもに納得さす事が出来るのだろう。現に、われわれとても、右大将殿や淀殿の首級《しゆきゆう》をハッキリ見たわけではない」

　寄手の先陣が城内へ乱入した時にはすでに糒倉は火の塊になっていた。そしてその焼跡から発見されたのは、識別《みわけ》もつかぬ黒焦げの死骸ばかりだった。死におくれた城内の女たちによって、それこそ淀殿と秀頼公にちがいないと証言されたが、さて、いまのような妙な噂が立ちはじめると、それを打消すだけの根拠ある証拠を差出さぬわけにはいかなかった。

　野添源八は唇をかみながら。

「しかし、それがどうしたと仰せられるる。愚かしい町人どものもの申すことを、そういちいち気にする事はないと思うが……」

「ところが、そういう噂を信じているのは、町人どもばかりではないのだ。大名のうちにも内々その噂を信じて、豊臣家滅亡をまだ疑っている者もあるとやら。と、すればまた、いかなることから人心の動揺するようなことがあろうも計れぬ。そこで君の仰せられるるには、頓兵衛、その方何んとかして、右大臣殿御最後のことを、ハッキリ天下に示すことの出来るような証拠を探せと仰せられるるのだ」

「ふむ、それは難題だな」

「うん、大難題だ」

頓兵衛も、さすがに途方に暮れた模様で歎息《たんそく》した。

「君の憂い給うは、そこのところだ。難題とは申せ、われわれも力を尽して、君を安《やす》んじ奉らねばならぬ」

頓兵衛はもう一度、生き残りのお局の女中、捕虜となった籠城の武士たちを呼び出して、秀頼母小最期の実否《じっぴ》を吟味してみた。

だが、かれらの言葉は最初の時と少しもちがわなかった。秀頼公と淀殿は糒倉に入られた。それから間もなく、糒倉のなかから火の手があがって焼け崩れたから、たしかにその中で自匁あそばされたにちがいないというのである。

衆口《しゅうこう》の完全に一致しているところからみても、その事実に間違いがあろうとは思えなかった。しかし、さてそれを説明しようという段になると、誰でもハタと当惑せざるを得ないだろう。

いったん糒倉へ入った秀頼母子が、火を放った後、ふたたびそこを出なかったとは誰も言い切れぬし、また焼跡の死骸が秀頼母子以外のものでないとは断言出来なかった。

万歳丸物語

「矢柄様、矢柄様――」

その夜、頓兵衛はだしぬけにそういう声に夢を破られた。

「誰だ」

ちかごろ打ち続く奇怪な噂に、穏かならぬ夢を結んでいた頓兵衛は、蒲団のうえに俄《が》破《は》と起き直ると、すぐ傍らの刀をひき寄せた。

「何者だ」

「私でございます。真壁三十郎でございます」

「おお、三十郎か、何か用か」

「怪しい者が、千畳敷きを徘徊いたしております。ちょっと起きて戴けますまいか」

「よし。ちょっと待て」

身支度の早いのは、武士の芸のひとつになっている。頓兵衛は素速く身づくろいをして廊下へ出たが、そこには真壁三十郎が物の具つけて、緊張した面持ちでひかえていた。

「怪しい者とは……?」

「女のようでございます。このあいだの女ではないかと思いまするが」

「よし」頓兵衛は速座に大身の槍を取りあげると、

「案内しろ」

広い廊下は冷え冷えとして、水のような静かな気が流れている。かつては華やかなお局たちの往来した廊下も、弾丸や矢尻でところどころ穴があき、血汐のあとを削った板の白さが妙に寒々と薄くらがりのなかに光っている。

「このことを知っているのはその方ひとりか」

「はい」頓兵衛は、三十郎の服装に眼をつけながら、

「だが、その方はどうして今時分起きていたのだ。見れば厳重に身ごしらえをしているようだが……」

「はい」

三十郎はいくらかはにかみがちに、

「実はこの間のことがあって以来、いかにも口惜しくて、どうしてもあのものの正体をつきとめずにはいられませんでしたので……」

「夜毎見張りをつづけていたのか」

「はい」

「ふうむ、大儀じゃったな」

頓兵衛はいたわるように、この若い侍を見やった。

長いお廊下をつき抜けると、向うに千畳敷の板戸が見える。この板戸もあらかた玉薬で吹き抜けて、半分焼けくずれていた。片桐市正が関東方の先手となって、石火矢をしかけたのはそこだった。どういう事情があったにせよ、太閤殿下にあれほど深い恩顧を

うけた市正が、あろう事かあるまい事か、殿下の遺児のおわします城に鋒先を向けるとは、何んという見下げ果てた心であろうと、お局たちの怨みは長くその場に残ってい
た。その千畳敷の側まで来たときである。

「矢柄様!……」突然、三十郎が立ちどまって頓兵衛の袖をひいた。

「あの声を……」

頓兵衛も、殆んど同時にその声をききつけた。それは低い、弱々しい、顫《ふる》えるような声だった。たしかに子守唄のようであった。

「夜毎聞える唄声というのは、あの声のことか」

「さようでございます」

「千畳敷のなかのようだな」

「は……」

二人は、千畳敷の板戸のそばに歩み寄った。覗いてみると、吹き抜けた天井から、銀色の月光がわびしく差しこんで、広い内部がいぶしたように輝き渡っている。

「矢柄様、あれを……」

「ふむ、わかっている」

頓兵衛はその千畳敷の片隅へ、きっと眼をやった。

そこには髪振り乱したひとりの女がまぼろしのように歩いていた。長い裾をひきずった足もとは、まるで雲を踏んでいるようであった。

女はよろめくように或いは歩み、或いは立ちどまり、荒れはてたあたりの様を眺めては、絶え入るような声を放って泣いた。そしてひとしきりすすり泣くと、今度はまた、細い、ふるえをおびた声で、子守唄を唄い出した。

まったく、気の弱いものが見たら、ここに怨みを遺して死んでいった、お局たちの魂が凝って、かりに姿を現したものとしか思えなかったろう。

だが、それはむろん幽霊などであろう筈はない。まさしく血の通った人間にちがいなかった。

「矢柄様、ひと思いにひっとらえよせるか」

「まあ、待て、あの女、いったいどこに隠れていたのだろう。しばらく様子を見ていたほうがよくないか」

女はむろん、こちらに気のつく筈はなかった。さながら幻のようにふわふわと千畳敷のなかをさまよいながら、曲輪が取りはらわれたために、そこからひと眼で見渡せるようになった大坂の町を眺め、それからまた、絶え入りそうな声をあげて泣いた。

「正気の者ではないようだな」

「そうのようでございます。気が狂っているらしゅうございます」

気の狂ったものの様子を見張っているということは、なかなか根《こん》のいる仕事だった。

だが。やがて女はそろそろと千畳敷から外へ出た。

ふたりが後をつけていくと、女はしだいに糒倉の方へちかづいていく。

「なるほど、あの糒倉のなかに隠れ場所があるのだな」

あらかた片づけてあるとはいえ、その辺にはまだ石だの瓦だのが、堆高《うずたか》く積んである。女は例の雲を踏むようなあしどりで、それを避けながら、とうとう糒倉の中へ入っていった。

「よし、三十郎つづけ」

ふたりは、殆んど同時に糒倉の入口へ駈けつけたが、そのとたん、ふたりとも思わずあっと顔を見合せた。女の姿は見えないのである。

「三十郎、踏込んでみろ！」

中へ入ると、すぐ女の行方がわかった。糒倉の床の一隅が切りあけられて、そこから黒い孔がのぞかれた。

「あっ、こんなところに抜道があったのだ」中を覗くと、上のほうからちらちらと灯が見えて、その灯で狭い階段が斜に見えた。

「よし、入ってみよう」

階段は二十段ほどあった。ふたりがそれをおり切った時、そこに世にも異様なものを発見したのである。

そこは、八畳敷きほどの窖蔵《こうぞう》になっていたが、その中央に立派な鎧をつけた若い侍が、見事に腹を掻き切ってつっ伏していた。そして、その侍をうしろにかばうようにして、狂女がおびえたような眼でこちらを見ていた。

頓兵衛はその女の姿を見ているうちに、ふいにあっと低い叫び声をあげた。女の裲襠《うちかけ》には片袖がなかった。そしてその裲襠の模様は、たしかに白地に臙脂《えんじ》で、牡丹を染め出したものであった。この間、猫間川で拾った赤ん坊を包んだ片袖、あれはこの女のものだったのだ。

女が、突然悲しげな、呟くような声でいった。

「ああ、あなた方なのね。わたしの可愛いややを奪っていったのは……」

「おお、それではあれはそなたの子だったか」

「はい、わたしの可愛いややでございます。そしてそして、この方のお胤《たね》でございます」

狂女は、いとおしげに若武者の体を掻き抱いて、その顔に頬ずりをした。

「誰だ、その侍は……」

「まあ、あなたがた、この方を御存じないの、この方はこのお城の主、さきの右大臣様でございますわ」

頓兵衛はそのとたん、槍を落してその場にへたばってしまったのである。

「右大臣どのは、糒倉の下の窖蔵で見事に腹を掻き切っていられた。世間の虚説を打ち破るにこれほど確かな証拠があろうか。上様も、これにはことごとく御満足でいらせられた。狂女は名を玉といって、右大臣殿の御寵愛をうけ、そのお胤を宿したが、あの落城の日に産み落したのじゃ。そしてそのお胤だが……」

と、頓兵衛は口籠りながら、

「そのお胤は、まだ生きておられる。だがその素性を知っているものは、その時分でも世間にたった二人しかなかった。上様とこの俺と……本人でさえいまだに自分の素性を知らぬだろう。上様も秀頼公のお胤国松殿は失われたが、この赤ん坊には不憫をかけられ、自ら万歳丸と名づけて、あるところで御養育なされた。その万歳丸は、いまでは立派な若者となっている。自分を太閤殿下の孫とも知らずにな……」

一同は、思わずはっと息をのんだ。なるほどこれは、頓兵衛戦場噺の掉尾《とうび》を飾るに適しい老人とっておきの秘話だといっていい。

但し、万歳丸がその後どういう姓を名のり名を貰って生き長《なが》えたか、またその子孫がどうなったかは、今日では一切謎というよりほかに仕方はない。

本作品中に差別的ともとられかねない表現が見られますが、著者がすでに故人であることと作品の文学性・芸術性に鑑み、原文のままとしました。

（春陽堂書店編集部）

『矢柄頓兵衛戦場噺』覚え書き

初出「講談雑誌」（博文館）

第1話　はだか武士道　昭和18年1月号
第2話　阿呆武士道　昭和18年2月号
第3話　縮尻武士道　昭和18年3月号
第4話　めおと武士道　昭和18年4月号
第5話　カチカチ武士道　昭和18年5月号
第6話　捕物武士道　昭和18年6月号
第7話　秘薬武士道　昭和18年7月号　※「光悦の印籠」改題
第8話　籠城武士道　昭和18年8月号　※「籠城の譜」改題
第9話　使者武士道　昭和18年9月号　※「膽くらべ」改題
第10話　相撲武士道　昭和18年10月号　※「かちどき相撲」改題
第11話　仲人武士道　昭和18年11月号
第12話　落城秘話　昭和18年12月号

初刊本

矢柄頓兵衛戦場噺　八紘社杉山書店　昭和19年6月　※1〜11話を収録

変化獅子　出版芸術社〈横溝正史時代小説コレクション 伝奇篇1〉

平成15年8月　※全話収録、「変化獅子」を併録

（編集・日下三蔵）

春陽文庫

矢柄《やがら》頓兵衛《とんべえ》戦場《せんじょう》噺《ばなし》

<横溝正史 時代小説コレクション 3>

2023年10月25日 初版第1刷 発行

著者 横溝正史
発行者 伊藤良則
発行所 株式会社 春陽堂書店
〒一〇四—〇〇六一
東京都中央区銀座三—一〇—九
KEC銀座ビル
電話〇三（六二六四）〇八五五（代）
印刷・製本 ラン印刷社

定価はカバーに明記してあります。

ISBN978-4-394-90460-1 C0193